講談社文庫

5分後に意外な結末

ベスト・セレクション

金の巻

桃戸ハル 編・著

講談社

目次
Contents

5分後に意外な結末　ベスト・セレクション　金の巻

桃戸ハル　編・著

講談社

転校生

夏休み前のある月曜日、島で唯一の小学校。和本《わもと》くんは、四年一組の教室に登校した。和本君が、こんなに早く登校することなんて、滅多《めった》にない。

ワックスがけした床。黒板と教卓。

教卓の前には、一人分の机と椅子。

和本君は、スキップをして窓を開け、飼育しているザリガニに餌をやる。

彼はたったひとつの自分の席の周りを、落ち着きなくうろうろと回った。そして、机の正面で立ち止まり、両手を机につく。しかし、自分のその動きに納得がいかないのか、首を傾げ、机の横側に移動して、もう一度両手をつく。

「都会から来たの？」

何かをシミュレーションするかのように、椅子に話しかける。

「なんて呼べばいい？　……どうして黙ってるの？　あ、もしかして照れてるの？」

そう。今日、たった一人しか児童がいなかったこの教室に、転校生がやってくるのだ。和本君は考える。転校生が男子だったら島中を案内して夏休みは海水浴に誘おう。都会から来るなら、泳ぎは苦手かもしれない。それなら、魚釣りでもいい。もし女の子だったら――。

女の子だったらどうしよう？　たいへんだ。なにを話したらいい？　もしタイプの子だったりなんかしちゃったりなんてしたらららら……。

「おー、和本。早いな」

船崎《ふなざき》先生が入ってきた。

「先生、どうしよう」

「何が？」

「夏が……」

夏。漁師のおっちゃんが、作業ズボンのポケットから、塩もみしたタコを取り出す季節。

夏。台風のあとに、海岸沿いの道にヒトデが落っこちている季節。

夏。この磯臭い島に、都会の風をまとって、同い年の女の子が来るとしたら……。

「すてきな夏が始まってしまうかもしれない」

「ま、座れ」

先生は教卓の前に立ち、和本君は席に着いた。

「転校生を紹介する」

「あー、どうしよう！」

和本君が顔を覆う。

「校内案内の練習も、しておけばよかった」

「練習は必要ないだろ」

「必要ないってことないよ。だって先生、僕はね、転校生が早くなじめるように、うんと優しくするつもりなんだから。えっと、まずは、学校を案内するから僕についてきて、って言って、それから……」

あわてて練習をし始める和本君を見て、先生はニッコリして親指を立てた。そして、廊下に顔を向ける。

「入っていいぞ」

和本君の瞳に飛び込んだのは、まぶしい入道雲色のワンピース、みずみずしいトマト色のランドセル、照れたように結んだ口もと。

もともと明るかった教室が、もっと明るくなったように、和本君には感じられた。

カーテンと壁の掲示物が潮風に揺れる。

「じゃあ、名前を書いてもらおうかな」

先生がチョークを差し出す。日焼けを経験したことのなさそうな白い指が、それをおずおずと受けとった。

——鮎合《あいごう》。

和本君の胸がおどる。転校生の苗字は鮎合だ！　鮎合さんだ！「すてきな夏」がこれから始まるんだ！

下の名前を教えるのをためらうように、彼女のチョークが止まる。

「先生」と、彼女は言った。

「こんなことしていたら、時間がかかりすぎます」

ん？　時間がかかる？　下の名前が長いのかな？

「あー、それもそうだな」

先生は開いた手を口の横に当てて、「おーい、みんな入っていいぞ」と廊下に向かって叫んだ。

「ん？」

廊下がガタガタと騒がしくなった。

逆さにした椅子の載った机が、のそっと入り口に現れる。それを運ぶ腕、まじめそうな男子。彼を押し込むように後ろからのそっと現れる机。今度は女子。椅子と机をカタカタ鳴らして、男子と女子が次から次に教室に入ってくる。

和本君は大きく口を開けた。さすがに先生も、説明の必要を感じたようだ。

「島の南側に東常《とうじょう》グループの大きなホテルが建っただろ？　それで、本社からかなりの数の従業員が転勤することになって……って、大人の事情を話さなくていっか。ま、とにかく、ご家族の仕事の都合で、東常小学校の四年一組から転校してきた三十人だ」

「三十人……！」

席は廊下側から窓側まで六列、一列につき五席になった。窓際だけぴょこっと六席目が突き出ている。

和本君の隣に眼鏡の男子が立った。他はみんな座った。窓辺の六席目だけ空いたままだ。和本君は度の強そうな眼鏡を見上げた。どうしてあそこに座らないんだろう？

「和本」

先生が立ち上がるようジェスチャーした。

「戸部《とべ》が困っているじゃないか。ほら、荷物持って動いて。今日から、和本は出席番号三十一番だから」

「三十一番……!」

「席はあそこ」と、先生が例の突き出した席を指差す。

移動すると、前の席の男子は、椅子に反対向きに座って遠慮のない視線を向ける。

他のみんなも、和本君のほうに顔を向けてまじまじと観察してくる。

和本君はぴょこっと飛び出た席で耳を赤く染めていた。これまでの人生で、彼が注目される場面といったら、町内会の山車で太鼓を叩く時だけだったのだ。

緑色のジャージを着た先生がやってきた。小柄な女の先生だ。廊下から船崎先生を手招きする。転校生の注意はそちらに移り、前の席の男子も、腰を浮かせて正しい向きに座り直した。

「すみません、見当たらなくて。あの、えっと、台車が」

「あれー? 戻したと思いますけどね?」

船崎先生は頭をかいた。

「みんな席に座って静かに待っているように」

児童たちにそう言い残して、女の先生の手招きに応じた。

リノリウムの廊下を打つ二人分の靴音。開けた窓からセミの声が聞こえる。教室は静かだ。和本君はピンときた。みんな足音に聞き耳を立てているんだ。先生の気配が消える。なお数秒の警戒時間。先ほど座り直した前の席の男子が振り返る。

「名前、和本ってんだな。俺、吉田《よしだ》」

それが合図となり、椅子をひく音の大合唱。転校生たちが和本君の周りに集まってきた。彼の机に六、七人の男子と女子が手をつく。その後ろで押し合いへし合い。

こんな何もない島で何して遊んでるの？　わたしたちの言葉、わかる？　ねね、「わもっちゃん」って呼んでいい？　生まれてからずっと島にいるの？　給食に海で獲れた魚出る？　プールの代わりに海で泳ぐってほんと？

和本君の肩幅が縮んだ。座高も低くなって全体的にコンパクトになった。「ちがう」とつぶやく。ちがうのに！　僕が質問するのに！　それで学校を案内するのに!!

「え？　案内？」

吉田君が和本君のつぶやきを聞き逃さなかった。

「おーい！　みんなぁ！」と、声を張り上げる。

「わもっちゃんが学校を案内したいってさ！」

転校生が口々に、どうする？　どうする？　とささやく。

「先生が戻る前に、勝手に廊下に出るわけにはいかないですよ」

眼鏡の戸部君が言う。それを受けて、吉田君が慰めるように言った。

「ごめんなぁ、わもっちゃん。あとで思いきり案内させてやるからな」

「ね、家どこ？」

そう尋ねたのは、あの鮎合さんだった。

「校門出て右？　左？」

和本君は鮎合さんの質問の意図を推測して、ドキッとした。そして恥ずかしそうに言った。

「丸浜《まるはま》釣具店の裏。フェリー乗り場の近くだから、右だよ」

なぜかわからないが、転校生が一斉に「えー」と残念そうな大声をあげる。

「はい、全員着席」

戸部君が突然仕切り始める。

「臨時の学級委員会を始めます。戻ってください。戻ってくださいって！」

和本君がとまどっているうちに人だかりは解散した。戸部君と鮎合さんが黒板の前に立つ。みんなが席に着くと、戸部君が咳払《せきばら》いをした。

「えーたった今、わもっちゃんの家が、僕ら三十人が住む社宅とは逆方向だとわかりました。これから、わもっちゃんと一緒に帰る当番を決めたいと思います。司会を務めるのは、学級委員の戸部と鮎合です。よろしくお願いします」

「待って、学級委員って……。僕以外はもう委員が決まってるの?」

「クラブ活動も決まっています」

急に話題が切り替わり、勧誘祭りが始まる。

「わもっちゃんサッカークラブに来いよ」「サッカークラブは、人数足りなくて試合もできないから、卓球クラブがいいよ」「美術クラブはどう?」「バスケクラブでしょ、男バス」「理科実験クラブも面白いよ。カルメ焼き作れるし」

「あ、あのっ」

和本君が勢いよく立ち上がる。

「ここは、前から僕のクラスなんだ。ここには、朝登校したら窓を開けるとか、ザリガニに餌をやるとか、そういう決まりがあって――」

「一組には、そんな決まりないぞ」と誰かが言った。誰が言ったのか、和本君にはわからなかった。

「ザリガニ、臭いから、川に逃がそうぜ」と別の誰かが言った。また全体がざわめく。逃がそう。それがいい。いや別に臭くないよ。生き物いたほうが面白いじゃん。

わもっちゃんが、かわいそうじゃん。多数決だ。それだ。多数決だ。多数決よ……。

「そ、そんな」

和本君はきょろきょろした。

「なんで、みんなが決めるの？」

吉田君が振り返った。

「ごめんなぁ、わもっちゃん。これからは三十一人だから、今までみたいに一人でなんでも決められないんだよ。ごめんなぁ」

先生が戻ってきた。騒いでいたから、誰も足音に気づかなかったのだ。学級委員が席に戻り、和本君が着席した。

「いやぁ、待たせてごめん」

先生が教卓に片手をついて頭をかく。

「どうだ、新しい学校は？　早くなじめるといいな」と、三十人の顔を見回す。

教室のいちばん後ろから「はい」という声がした。

和本君の返事だった。

（作　山岐信）

発見された珍種

その動物は、誰も
探検したことのない洞窟で
生きたまま発見され、
動物園に陳列される
ことになった。

その動物は、
かつて高度な文明を構築し
地球を支配したが、
同じ種族同士の戦争で
絶滅したとされる
「ヒト（ヒューマン）」
という動物だと推定された。
「愚かな行いをする動物」を
一目見ようと、多くの客が
動物園に押し寄せた。

その声は、

「オレ、『その声は、我が友、李徴子《りちょうし》ではないか？』を習得する」

タケがそう言ったとき、五月女《さおとめ》は可哀想なものを見るような表情になり、俺はぽかんと口を開けた。

「…………習得って、どういう？」

たっぷり三十秒は沈黙してから、五月女が重々しく口を開く。けれど、当のタケは、「そのまんまだけど」とけろりと答えた。

タケが言ったフレーズは、中島敦《なかじまあつし》の短編小説「山月記」に出てくる有名なセリフだ。

「山月記」は、俗に変身譚と呼ばれるたぐいの物語で、虎になってしまった主人公の李徴と友人である袁傪《えんさん》が出くわしたとき、虎の姿の李徴に向かって袁傪が口にしたのが、くだんのセリフである。「現代文」の授業で、どのクラスも冬休み前に習い終わったばかりだ。

けれど、「国語は睡眠の時間」と宣言してはばからないタケが、内容を覚えるほど真面目に授業を受けていたとはとても思えない。「山月記」は文体も難しいし、もしちゃんと授業を聞いていたとしても、右の耳から左の耳へと、聞いた端から流れ出ていく可能性のほうが高いのに。

「この前、ネットでこのフレーズ見てさ。コレだ！　って、こう、ガッときたんだよなー」

「そんなことだろうと思ったわ……」

がくりと肩を落とす俺の横で、五月女はこめかみを押さえる。「山月記」の内容を理解しているのかおそるおそる確認する五月女に、タケは、「まー、大事なところはなぁ」とアゴをかきながら言った。

「『我が友』が『りちょーし』で、『りちょーし』は虎になっちまってー、でもダチだったから気づいた。そんな感じ」

「まあ、そう……」

言いかけて、「いや、そうか？」と五月女は首をひねったが、思考を放棄するように小さく咳払いをした。

「でも、べつにそれ、魔法の呪文とかじゃないぞ。友だちの声を聞き取っただけで、袁傪が虎語のわかる特殊能力持ちとかってわけじゃないし。ストーリーのなかのただの一セリフってだけで」

「Aさん？　友だちイニシャルなの？」

「なんでだよ！」

タケのすっとぼけた返答に、俺は思わずツッコミを入れた。五月女は完全にスルーしていた。

「ま、難しいことはわかんねーけどさ。なんかできる気がするんだよな。オレらだし！」

そう言って、タケはからりと笑った。

それから毎日、タケはあちらこちらで袁傪のセリフを言って回った。

といっても、タケが言うのはいつも「その声は」までだ。そのあとは続かない。いわく、まだその段階ではないらしい。

相手も場所も問わないタケの特訓は、野良猫だったり、学校の校庭にある銅像だったり、ゲームセンターで獲得したぬいぐるみだったりと、いろいろだった。ときには、コンビニの脇に放置されたペットボトルにまで、タケは「その声は」と迫った。

けれど、言い出したときのノリの軽さとは裏腹に、タケはいつも真剣だった。「その声は」もむやみやたらと口にするのでなく、声を発する前、相手に向き合った時点から、居合いの達人みたいなオーラをいつも全身にまとっていた。

五月女はやっぱりなにか言いたそうな顔をしていたけれど、結局はあきらめたようにタケの特訓を傍観していた。それでも別行動をしないのが、なんとも五月女らしくて、俺はこっそり笑った。

突然始まったタケの特訓には、俺たちだけじゃなく、ほかの友だちや担任も困惑していた。下校前、スクールカウンセラーの先生が声をかけてきたこともあったし、タケのお母さんが学校に呼ばれていたこともあった。

だけどタケは、誰がどんな目を向けようが変わらなかった。そんな調子だから、はじめはざわついていた周りの人間も、しだいになんだかんだと見守るようになっていった。

「今日は大河《たいが》んちで特訓すんぞ」

下校中、タケがそう言い出して、俺たちはそろって振り返った。当事者の俺よりすばやく振り返った五月女は、眉根を寄せて言った。

「またか？　さすがに迷惑だろ」

「なんでよ。おばさん、『いつでも来て』って言ってたじゃん」

「真に受けるなよ」

ヘラヘラ笑うタケに五月女は顔をしかめる。その間にも、タケは俺の家へと向かう角を曲がっていく。

「母さん、そういう社交辞令言わないから、ふつうに喜ぶと思うけど」

五月女はまだむっとしていたけれど、タケはそんな五月女の様子をまったく気にかけることもなく、ズンズン迷いなく進んでいく。そうして俺の家までの道すがらもときどき立ち止まっては、「その声は」とはつらつとした声を響かせて、通りすがりのおばあちゃんを飛び上がらせた。

「ゆっくりしていってね」

玄関先に出てきた母さんは、俺の予想通り、タケと五月女を見て、とても嬉しそうにそう言った。

律儀《りちぎ》に仏壇へ手を合わせる五月女をほっぽって、タケはまっすぐに庭へと向かう。

「その声は」

犬小屋から引っ張り出されたぽこ太《た》は、タケの言葉にクゥンと首を傾げた。困り顔のぽこ太の頭を「悪かったたな」とくしゃくしゃなでたタケが縁側から家へ入ったときも、五月女はまだ仏壇と向かい合っていた。

それからタケは、ハムスターのプチからばあちゃんのサボテンまで、家中のものに声をかけまくった。さすがに外でやるときほどの声量ではないけれど、その代わり、研《と》ぎ澄《す》まされた集中力で紡ぎ出される「その声は」は、一回一回が気迫に満ちている。そんなタケにサボテンは沈黙を貫き、ぽこ太はクゥンクゥンと耳を揺らした。母さんは「またいつでもおいでね」と微笑《ほほえ》んで、玄関で手を振った。

「……タケ。お邪魔するなら、手ぐらい合わせろよ」

うちから二百メートルくらい離れた公園に差しかかったとき、それまでむっつりと黙っていた五月女が苦々しげにこぼした。

タケは首だけで五月女を振り返り、けれどそのままふいっと前を向く。そのままキョロキョロとあたりを見回し、いつものように特訓相手を探し始めた。

「タケ！」

「なんだよ」

「それも、いいかげんやめよう。無理だよ」

「いやだね」

きっぱりとタケが言い切ると、五月女は、ぎゅっと顔をゆがめて押し黙った。俺がおろおろしている間にも、ふたりの間で目に見えそうなほど険悪な空気が満ちていく。

「イヤなら、もう一緒にいてくれなくていいよ」

「おまえ……っ！」

五月女が薄赤く染まる目をつり上げて、つかみかからんばかりの勢いでタケに腕を伸ばす。それを見て、俺は考える前にふたりの間に割って入っていた。

「やめてよ、タケ！　五月女！」

俺が叫ぶのと同時、小さなつむじ風が花びらを巻き上げながらふたりの間を吹き抜ける。

「……!?」

突然のことに声を失ったふたりは、けれどすぐにぱっと顔を見合わせて、同時に叫んだ。

「大河！」

つむじ風は一瞬で消え、無風になった公園に花びらがくるくると下りていく。

タケは、明確ななにかを探して、あたりを勢いよく見回した。

「大河だ。ほら、大河だよ！　なあ、今の聞こえたよな、五月女！　な！」

「……ああ、聞こえた」

呆然としたまま五月女が答える。夕方の公園には夕ケと五月女以外に人の姿はなく、ふたつの影だけが濃く長く伸びている。

「おまえは仏壇にはいねーと思ってたけど、なんだよ、大河、意外とベタなもんになってんじゃん！」

夕ケはテンション高く五月女の背中をばんばん叩きながら、大口を開けて笑った。五月女の肩は小さく震えていた。

「だから言ったろ？　オレらならできる気がするって！　なあ大河！」

笑いながら、夕ケは俺がいるのとは真逆を向く。

「そっちじゃねえしー」

——まったく、あんなに特訓してたくせに、「その声は」は、どうしたんだよ。

思い出したらなんだかおかしくなって小さく噴き出すと、公園にわずかに積もっていた桜の花びらが、ふたりの足元でふわっと舞い上がった。

（作　高野ユタ）

犯人の影

今、目の前で民家が炎に飲まれている。
俺が放火した結果だ。
民家の周囲には消防車が集まり、
滑稽《こっけい》なほど必死に消火作業を続けている。
規制ロープのこちら側には、
多くの野次馬が集まっており、
俺は、その野次馬に紛れて、
燃えさかる炎を眺め、楽しんでいる。
犯人が犯行現場に戻る、というのは、
本当のことだ。
俺も、こうして現場に
戻っているのだから。

こういう現場で、野次馬の姿が警察に撮影されていることを、俺は知っている。犯人が見物しているかもしれないから、記録を残しておくのだろう。でも俺は、そんな顔をさらすような失敗はしない。

と、そのとき、二人の警官が、俺の両腕をがっしりとつかんだ。

「キミ、ちょっと話を聞かせてくれないか？」

なぜ、怪しまれたのだろう？

予想外の事態に、俺は焦った。

「わ、私は、怪しい者じゃない。なぜ私が話を？」

警官のほうも驚いたような表情で言った。

「は？　怪しくないわけないだろ!?　火事の現場で、そんな黒ずくめの全身タイツを身につけている人間がいたら、職務質問をするのが当たり前だろ？」

見えない同居人

　カレンが初めて、その奇妙な気配を感じたのは、ある小包が送られてきた日のことだった。ティッシュの箱より一回りくらい小さいサイズで、何も入ってないかと思うほど軽かった。振ってみると、小さな音がして、空っぽというわけではないらしい。

　差出人は、数年前に別れた夫だった。

　カレンの夫は元々、大手製薬会社に勤める化学研究者だった。優秀で地位もあり収入もよい。カレンが夫と結婚したのは、何よりそんな社会的ステータスに惹かれたからだった。だから、夫が社内の派閥争いに負けて、会社を辞めた時、カレンは何の未練もなく、離婚届をつきつけた。さらに、財産をほとんど自分のものにすることにも成功した。

　カレンが、今一人で悠々自適に暮らしているマンションも、元々は結婚前に夫が住んでいた部屋だ。

カレンは夫に対して罪悪感など覚えていなかった。地位や収入しか取り柄のない退屈な男と、結婚してあげていたのだ。これくらいの見返りをもらうのは当然のことではないか。

もし元夫が、カレンに何か報復を企《たくら》んでいるのなら、それは逆恨みというやつだ。今さら、いったい、何を送ってきたのだろう。

カレンは多少警戒したが、それほど気にする必要はないと思い直した。爆弾を送りつけたり、私を殺したりするような、大それたことができる男ではない。そんな度胸もない卑屈な人間だから、派閥争いに負けて、会社からも追い出されたのだ。

箱を開けると、中はスカスカで、洒落《しやれ》た封筒に手紙が入っていた。

『あのころとは比べられないが、なんとか職を見つけて、生活も安定してきた。できることなら、もう一度、君と一緒に暮らしたい。どうか僕を受け入れてほしい』

そんなことが書かれた手紙と一緒に、封筒には、小さな宝石のついたピアスも入っていた。

たいして高いものではないが、今の彼にはこれが限界なのだろう。

カレンは鼻で笑うと、ピアスだけ残して、手紙と箱はすぐに捨ててしまった。

奇妙なことが起きたのは、その夜だった。

カレンは、夜食にお菓子をつまみながら、家具カタログを眺めていた。

やがて、ページをめくる手を止めて、新しいカーテンがどの色だと部屋に合うか、じっくり考えはじめた時だった。ふいに、手を誰かになでられるような感触がした。

カレンは驚いて手を振り払ったが、部屋の中には自分以外、誰もいなかったし、手に何かがついているということもなかった。

気のせいだったのだと思って、その時はまだ、あまり深く考えなかった。

一週間ほどして、ふたたび元夫から小包が届いた。中にはまた洒落た封筒だけが入っていた。

『もう一度、君と一緒に暮らしたい。どうか僕を受け入れてほしい』

手紙の内容はほとんど変わらなかったが、今度の封筒には一緒にネックレスが入っていた。元夫とやり直すつもりはないが、くれるものをわざわざ返す必要もない。

カレンは試しにネックレスをつけてみて、鏡の前でニコリと微笑んだ。

ピアスと同じく、たいして高級品ではなかったが、悪くないデザインだった。

しかし次の瞬間、カレンの顔が冷たくひきつった。

ネックレスをつけたカレンの首筋を、誰かがそっとなでたからである。

「きゃあっ！」

思わず悲鳴を上げて、カレンは首筋を払った。触られた確かな感触があった。しかし側に誰もいなかったことは、鏡を見ていたカレン自身が一番よく知っている。

また気のせいだろうか？　首筋に残る嫌な感触を反芻《はんすう》しながら、カレンは部屋を見回した。自分以外の何者かがいるような気配が、そこにはあるように思えた。

『もう一度、君と一緒に暮らしたい。どうか僕を受け入れてほしい』

それからまた一週間ほどして、元夫から三つ目の小包が届いた。

そのころには、カレンは室内に何者かがいるような奇妙な気配を、たびたび感じるようになっていた。

食事をしている時も、化粧をしている時も、ふいに、部屋の中に自分以外の気配と視線を感じるのだ。いくら目を凝らしても、そこには何もいないのに。

小包の中は相変わらず手紙だけで、今度の封筒には、指輪が入っていた。

同じ内容の手紙を読みながら、カレンは気味の悪さを感じはじめていた。奇妙なことが起こり出したのは、すべてこの小包が届くようになってからなのだ……。

その数日後の夜、カレンはベッドの中で、なかなか寝つけずにいた。自分以外は誰もいないことを何度も確認したのに、何者かがいるような気配は消えない。

何かが動くような、微《かす》かな物音さえ聞こえる気がした。神経質になっているがゆえの空耳だと自分に言い聞かせて、カレンはようやくまどろんだ。

その夜、カレンは夢を見た。

寝ている自分の側に、元夫が立っていて、じっとこちらを見ている。カレンは、体を動かすことができない。元夫の手が伸びてきて、カレンの頬《ほお》に触れる。そのまま指が顔を、頬から口のほうへとなでていく。そして唇までたどり着いた時、急に元夫はその指をカレンの口の中に突き入れた。口内で異物がうごめく感覚にカレンはむせ返って目を覚ました。

あわてて灯りをつけるが、誰もいない。夢だったのだ、とカレンは自分に言い聞かせた。しかし、口の中には、あまりにも生々しい不快感が、たしかに残っていた。

今のは、本当に、ただの夢だったのだろうか？

元夫から新たな手紙が届いたのは、さらに数日が経ってからだった。

今度は小包ではなく、洒落た封筒の手紙だけが送られてきた。

カレンは少しためらったが、思い切って封筒を開けた。今回、中にはアクセサリーの類《たぐい》はなく、本当にただ手紙だけが入っていた。そしてその内容も、これまでとは違っていた。

『今までの手紙に、君から何の返事もなくとても残念だ。でも最初から、きっとそうなるだろうとは思っていた。それで僕は、手紙をわざわざ、あんな小包で送ったのだから』

カレンは息を飲んだ。やはりあの小包には、何か秘密の意図があったのだ。

『今、僕はベンチャー系の小さな製薬会社で働いていて、前の会社と同じように日々、新薬の研究開発に取り組んでいる。最近、ある薬の試作品ができた。飲むと、透明になれる薬だ』

それを読んだ瞬間、カレンは背筋がゾクリとした。

『もし透明になったら、何ができるだろう。例えば、君が小包を受け取るために扉を開けた隙に部屋へ入り込んだり、この手紙を読む君を後ろから眺めることもできるかもしれない』

カレンはハッとして後ろを振り返った。誰の姿も見えない。しかし……。

——もう一度、君と一緒に暮らしたい。どうか僕を受け入れてほしい。

以前の手紙の文章が、ひどく意味深なものとして、頭に浮かんでくる。

「そこにいるのっ⁉」

カレンは叫んで、空間を探るように手を振り回した。

手は何にも触れなかった。しかし、自分以外の気配が、たしかにそこにあるような気がする。

カレンは緊張して身を強張らせたまま、恐る恐る手紙の続きに目を落とした。

『でも、安心してほしい。この薬にはまだ大きな欠点があって、人間が飲んでも効果がない』

――なんだ、嘘か……。

思わず、ガクッと力が抜けそうになった。それとも嘘をついて、透明になっていることをごまかそうとしているのだろうか。いや、それならそもそも薬の話なんてしなければいいだけだ。

自分が透明になっているのではないというなら、いったい、何の話をしようとしているのだろう。わけのわからないまま、カレンはさらに続きを読んだ。

『今のところ、薬の効果があるのは、無脊椎動物だけだ。例えば虫とか。そういえば、君は黒くて物陰にいる、あのすばしっこい虫が大嫌いだったね』

そこまで読んで、カレンの顔が青ざめた。

『君は見るのも嫌だと言っていたね。でも安心して。姿は見えないから。小包の中に、薬を飲ませて透明にした彼らを、毎回、何十匹かずつ入れておいた』

カレンの脳裏に、今までの奇妙な出来事が浮かんでくる。

あの時、手や首筋をなでられたような感触は……。

入浴や食事の最中にも感じた、何かがいるような気配は……。

悪夢を見た日、寝ている私の口の中に入ってきた異物は……。

強烈な吐き気がわきあがって、カレンは口をおさえた。

『これまでの小包を君が開けてくれているなら、部屋の中にとび出した彼らは、そろそろ繁殖も始めて、とんでもない数になっているころだろう』

カサカサ……カサカサ……。部屋中から、微かな物音が聞こえるような気がする。

自分以外の何者かがいる気配に、周りを取り囲まれているように感じる。

殺虫剤を使って、ものを捨てて、引っ越して……これからとるべき様々な行動がカレンの頭を駆けめぐる。しかし、そんなことで解決できるのだろうか？　何をしたところで、透明なアイツらが本当にいなくなったかどうか、確かめる術はない……。

その時、足を誰かになであげられるような感触がして、カレンは絶叫した。

『見えない同居人との生活を楽しんでくれることを願う。君の元同居人より』


（作　森久人）

口紅

じっくりと時間をかけ、
鏡に向かって
メイクをしていた女性が、
最後に口紅を塗りながら言った。
「いかに完璧なメイクをするかで、
これからはじまる恋愛ドラマが、
どういう結末になるかが決まるのよ」

どうメイクするかで、恋愛ドラマの結末は変わってくるのよ!

それを聞いた
ココ・シャネルは言った。
「口紅は、塗る過程じゃなく、
落ちる過程にこそ、
ドラマがあるんじゃない？」

口紅は、
落ちる過程にこそ
ドラマがあるんじゃ
ない？

花

花が好きなその女性のために、画家は花の絵を描き続けた。春には川辺で桜の写生を行い、夏になれば太陽に向かって咲くひまわりを描いた。秋には可憐なコスモスを、そして冬の終わりには、春の訪れを告げるスノードロップの純白の横顔を描いた。

ただひとりの女性を喜ばせたいという純粋な思いだけが、彼の創作の原点であった。新しい作品ができあがると、彼は真っ先に自宅のアトリエに彼女を招き、少し恥ずかしそうに、その絵を見せた。

二人は、彼がまだ美術大学で絵を学んでいた頃に出会った。大きな池のある公園で風景をスケッチしていた彼の絵を、たまたま散歩に訪れた彼女が見たことがきっかけだった。

「すてきな絵ですね」

スケッチの段階だったが、自分の絵をほめられたのは、それが初めてだった。

「ここで見ていてもいいですか？」

大きな瞳をした女性に話しかけられ、彼はどきどきしながら答えた。

「絵を描くところなんて、見ていてもつまらないですよ」

しかし、女性は、かまわずに彼の後ろにあるベンチに座った。

「見ていたいんです」

絵が完成するまで彼女は、彼のすぐ後ろに座り、白い紙に浮かび上がる風景をじっと眺めていた。彼の描く絵は、ただ目の前にある光景を切り取るだけでなく、そこに吹く風や、光や、池の水のにおいや鳥の声までが描かれているように、彼女には感じられた。

いつしか二人は恋人同士になり、彼は、花が大好きだという彼女のために、花の絵ばかりを描くようになった。

「描きたい作品が他にあるのなら、それを描いてください」

そういう彼女に対して、彼は言った。

「本当に描きたいのは、君が喜んでくれる絵だけだよ」

彼は美大を卒業すると、画家としての生活を始めた。貧しかったが、好きな人のために好きな絵を描く毎日に、幸せを感じていた。

やがて、初めて自分の絵をほめてくれた女性は、彼の妻となった。そして、その頃には、彼が描いた花の絵は、多くの人々に愛されるようになっていた。彼は、人気画家となったのだ。

画家は、幸せだった。

やがて二人の間に子どもが生まれた。元気な男の子だった。恋人から妻となり、そして母となった彼女を、画家はますます愛した。芯が強く、そしていつも前向きで明るい彼女の性格こそが、彼を支えてくれていると感じた。

しかし、その子どもが小学校に入った頃、大きな不幸が家族を襲った。

突然の病で、妻の目が見えなくなってしまったのだ。「視力が落ちてきた」と感じ始めてから、あっという間に、彼女の目はその機能を失ってしまった。

「なんで彼女がこんな目に遭わなくてはいけないんだ……」

画家は絵が描けなくなった。

画家が花の絵を描く理由は、好きな人を喜ばせるためだった。だが、その花の絵を、彼女はもう見ることができなくなってしまったからだ。

子どももまた、母親に訪れた不幸を嘆いた。ママは、ぼくのことも見えなくなってしまった。ママはお出かけも、お料理も、何もできなくなってしまったと、幼い子どもは胸を痛めた。

そして、絵を描けなくなった画家は、絵筆を置いた。そして、しばらく思い悩んでいたが、農業を始めた。

それから三年後。かつて画家であった男は、失明のせいで家から出ることの少なくなった妻を、子どもと一緒に、ある場所に連れ出した。そこには、イーゼルが立ててあり、その風景を描いたと思われる一枚の絵が載せられていた。子どもは、やや怒った口調で父親に抗議した。

「ママはもう目が見えないんだよ。それなのに、こんな場所に来たって意味はないよ」

子どもの言葉に、父親は言った。

「ママは、僕たちが思っているよりも、ずっとずっと強い人なんだよ。何よりもすごいのは、目が見えなくなった自分を、一番最初に受け入れたのは、ママ自身なんだ」

視力が衰え始めたときから、妻は――視力を失う予感があったのか――視力のない人たちがどのようにして生活をしているのかを調べ始めていた。医師に尋ね、また、視力を失った人に話を聞いたりもした。

それを知った彼は、妻の目の代わりになって生きようとした自分の考えを捨てた。

「代わりに見てあげるのではない。彼女の新しい生き方に寄り添うんだ」

妻は、聴覚や触覚、嗅覚などの残された感覚を総動員して、昼と夜の違いや、今自分のいる場所や、季節感など、自分を取り巻く世界を感じようとしている。そんな彼女の力になると決めたのだ。

子どもの目の高さになるようにしゃがんで、彼は言った。

「この美しい世界は、目が見えなくても、なくなったりはしないんだよ」

妻が前向きに自分の運命を受け入れている姿を知ったとき、彼は再び、筆を握ることを決めた。自分が画家をやめてしまうことは、絶対に妻が望んでいないことだとわかったからだ。

農業のかたわら、彼は、妻のために「これ」を作った。そして、「これ」が完成する頃には、キャンバスに再び花の絵を描くようになった。画家として再出発を果たしたのだ。

夫に手をひかれ、子どもと一緒に連れてこられたその場所に立ったとき、妻ははっきりと言った。

「あなたの絵を感じます。見えないけれど、わかります。この土の匂い、たくさんの小さな葉が触れあう音と、花の香り……。りっぱな花壇を、お作りになったんですね」

母親の言葉を聞いて、目が見えない人のために花畑を作ることには大きな意義があると、子どもは知った。目が見えないということは、何もわからない、何もできないということではなかった。

画家は、今、幸せだった。

（作 桃戸ハル）

傑作ミステリー

かつては、ベストセラーを書いたこともある
ミステリー作家が、
編集部に原稿を持ち込んだ。
今は人気もなく、本も売れない
その作家に対する編集者の態度は、
冷ややかなものだった。
しかし、作家には自信があった。
彼は、力強い口調で、編集者に言った。
「私が、今まで書いた作品の中でも、
出色の出来だ。
帯に、そう書いてくれてもいい！
最後まで読んでくれれば、
キミも読者も、絶対に騙されるはずだ!!」

数日後——。
編集者が作家を会社に呼んで
率直に告げた。
「先生は『最高傑作』と言いましたよね。
先生の作品のファンだった私が読んでも
この作品、——全然面白くないですよ。
どういうことですか？」
作家は悪びれることなく言った。
「だから言ったじゃないか。
『絶対に騙される』って。
そういう、トリックならぬ
レトリックで、
単行本にできないかなぁ。
頼むよ!!」

キャプテンの資質

「柳田《やなぎだ》が部活やめるって聞いた？」

誰もいなくなった、放課後の教室。帰りの準備をしていた俺に、そう話しかけてきたのは、同じクラスで、同じサッカー部に所属している星野《ほしの》春一《はるいち》だった。

いつもなら、まだこの時間は、グダグダと教室に残っている生徒がいるのに、今日は誰もいないのは、テスト期間に入ったためだ。今日からテストが終わるまでは、部活も活動禁止になる。たぶん、星野は、誰もいなくなる頃合いを見計らって、話しかけてきたのだろう。

「いや、聞いてない。どうしてやめるの？」

「詳しくはわからないけど、同居している祖父さんだかが、介護が必要になったんだって。柳田、祖父さんと母親の三人暮らしじゃん。部活なんてやっている場合じゃなくなったんじゃないかな」

「部活なんて」というのは、柳田の言葉なのだろうか、それとも星野の言葉なのだろうか。俺は、柳田が部活をやめざるを得ない状況より、その「部活なんて」という言葉、そして、柳田がキャプテンとしての責任を擲《なげう》ったことに、苛立《いらだ》ちを覚えた。

「じゃあ、サッカー部のキャプテンはどうなるんだ？」

「引退するときに、三年生が次のキャプテンを指名するのがルールだろ。柳田、キャプテンになったばっかだけど、やっぱり、次のキャプテンを決める権利は、柳田にあるんじゃないかな」

俺は、「勝つ」ことを優先しない、この部のそんな雰囲気が嫌いだった。ただ、もともとサッカーの強豪校に行きたかった俺——、しかし、その願いはかなわず行けなかった俺と、ほかの部員では、「勝つこと」に対する想いに温度差があることも理解していた。

——俺がキャプテンなら、練習メニューも、レギュラーメンバーも根本から変えて、もっと強いチームにできるのに。いや、絶対にしてみせる。皆が俺についてきてくれたらの話だが。

しかし、星野が続けた言葉は、俺が予想もしていないものだった。

「オレさ、キャプテン指名制が、うちの部を弱くしている原因だと思うんだよな。結局、お気に入りの人間を指名することになるじゃん。で、なぁなぁの雰囲気のチームになる。オレ、キャプテンは、投票制にすべきだと思う。で、キャプテンに選ばれるべきは、中田《なかた》、おまえだよ」

俺は星野の顔を正面からまじまじと見た。星野の言葉の真意を探りたかった。星野は、それに答えるように続けた。

「おまえほどの実力はないけど、試合に勝ちたいと思っているのは、おまえだけじゃない。オレたちだって、試合に勝ちたいと思っているんだよ」

星野は、どちらかというと、柳田に次期キャプテンとして指名されそうな、「チームの雰囲気」重視派だと思っていた。

「おそらく、柳田は、みんなを集めて、部をやめることを話して、次期キャプテンも指名すると思う。そのとき、『キャプテンは投票で決めよう』って、中田が提案してくれないか。おまえにそう言われたら、柳田も、少しは考えてくれると思うんだよ」

中間テストが終わった日、特に運動系の部活をしている生徒たちは、たまったストレスを発散するように、グラウンドや体育館で、のびのびと体を動かしていた。しかし、サッカー部の部員たちが集まっていたのは、多目的教室。皆を集めたのは、柳田である。

星野が言った通り、柳田は、家庭の事情で部活をやめざるを得ないことを皆に伝えた。その表情は泣きそうにも見えて、「キャプテンの仕事を擲つなんて無責任だ」と考えてしまったことを、少しだけ後ろめたく思った。

そして、柳田が「次のキャプテンなんだが……」と言い出したところで、俺は発言した。

「もう、その指名制をやめない？　部が強くなるために、誰がキャプテンになるかは、投票で決めるべきだと思うんだけど」

柳田が、少し不機嫌そうな表情で皆を見回して言った。

「皆はどう思う？　中田に賛成の者は、遠慮なく手を挙げてくれ！」

一年生もふくめ、大部分の部員が手を挙げてくれた。あのとき、星野が、「おまえを一人にはしない」と言っていたのは、「根回しをしておく」という意味だったのだろう。そして、皆に紙が渡され、その場で「キャプテン選挙」がはじまった。

結果、ほぼ満票を獲得して、新キャプテンが誕生した。前キャプテンの柳田が、悲しそうな表情で、俺のことを見ている。

新キャプテンに選ばれた星野が、嬉しそうに「今後の抱負と、新しいサッカー部の目標」を語っているが、俺の頭には、星野の言葉は、ほとんど何も入ってこなかった。

翌日、誰もいなくなった放課後の教室で、ダラダラと部活の準備をしている俺のそばにやってきたのは、星野だった。星野は、申し訳なさそうな表情をするわけではなく、かといって笑っているわけでもない。

「たぶん、柳田は中田のことを、指名しようとしてたんだと思う……。オレのこと、怒ってる？」

俺は、少しだけ考えてから言った。

「昨日、改めて考えた。うちのチームが勝つために何が必要か。俺は、技術的なことなら、このチームで誰にも負けないと思うけど、ただそれだけだ。一人の力で試合に勝てるわけじゃない。星野は、今回、自分に投票してもらうために、部員全員と、サッカー部の未来について話して説得したんだろ？　このテスト期間中に……。俺、よく考えたら、皆とサッカー部についてきちんと話したことないんだよな。それに、うちみたいな、ちゃんとしたコーチがいないチームって、戦略も立てられないだろ？　今のチームに必要なのは、星野だよ。俺の技術よりも、星野の資質や戦略のほうが、キャプテンに必要ってことさ」

星野の顔を見ることはできなかったが、星野が笑ってくれていないことだけはわかった。

（作　桃戸ハル）

語るに落ちる

ボクシング大会で準優勝した選手のために、
慰労会が開かれた。

準優勝といえど、選手の表情は暗かった。

大差の判定で敗れてしまったからだ。

指導者や保護者たちは、
いろいろな言葉で、選手を励まそうとした。

「みんな、お前の勝利だと思っている」

「実力では、お前が上だった」

選手は、目に涙を浮かべていた。

コーチが、雰囲気を盛り上げるために、
選手にグラスを持たせ、元気よく発声した。

「自分の勝利に自信をもて！」

そして、皆が、グラスを高く掲げた。

皆が、選手を見つめ、
満面の笑みで、
声をそろえて
大きな声で唱和した。
「カンパーイ！」

それを聞いた選手は、
テーブルに突っ伏して、
大きな声で泣いた。

失恋

今度こそ、と私はオモチャの指輪に手をかける。やっぱり抜けない……抜きたくない。拓海《たくみ》は、とっくに新しい彼女に新しい指輪をプレゼントしているだろう。

「萌恵《もえ》ー！　萌恵ー！　ちょっとでいいから食べなさい。萌恵ー？」

ママの声がしつこく響く。私は無視して布団に潜りこむ。

しばらくして、コンコンコン――ドアがノックされた。

私は布団から少し顔を出し、何も言わずにそのドアをにらみつける。

「萌恵？　ほんと、ちょっとでも食べて？　気持ちはわかるよ。だけど……ね？」

何かにつけて、わかるよ、って共感を示してなだめようとするのが、昔からママの常套《じょうとう》手段。小さい頃は、転んで膝小僧《ひざこぞう》を擦《す》りむいても、お気に入りの人形を友だちに横取りされても、わかるよ、痛かったね、悲しかったね、ってママに言われると、それだけで気持ちが落ち着いた。でも、今回はそれとは違う。

「わかるわけないよ！　ママには絶対！」

私はドアに向かって枕を投げつけた。枕は、ぼふっという音を立ててドアにぶつかり床に落ちた。ママの返事はない。けれど、ドアの前から立ち去る気配もない。

私は布団から出て、枕を拾いに行く。そしてドアの前に立ち、そのドアを隔てた向こう側にいるママに言った。

「ママ、前に言ってたよね？　パパが初恋の相手だったって。失恋なんか、ママはしたことないでしょう？」

ママは、私の質問には一切答えなかった。

「置いとくからね。萌恵の大好きな唐揚げ」

物音がして、その声だけが聞こえた。

「いらないってば！」

私はたまらず、ドアを開けて怒鳴った。ママは黙って私を見ている。

視線を落とすと、床にトレーが置かれていた。ご飯と味噌汁とサラダがそれぞれ一人分、だが唐揚げだけは大きめの皿に盛られており、二人分はあろうかという量だ。

「よしてよ、ほんと……」

下を向いたままの私の目から落ちた涙が、唐揚げを濡らした。

「冷めても美味《おい》しいね」

唐揚げを頬張り、私が言う。

ママは微笑んだ。

「さっきはごめんね。唐揚げ、拓海も好きだったから、思い出しちゃって、つい……」

「そっか」

「……そういえば、一度だけ拓海がうちに来た時も、ママ、唐揚げ作ってくれたよね。あれ、帰りに拓海、絶賛してたんだよ。俺の唐揚げ史上最高かもって」

「そうだったの。あの時、パパがひどいこと言ったでしょ。拓海くんには嫌な思いさせちゃったなぁと思ってたけど……」

「あぁ……」

私は苦笑し、その時のパパの言葉を思い出す。

――そろってオモチャの指輪なんかして。どうせ百均だろう?

――ママゴトがしたいなら、よそでやってくれ。

「あの時、拓海は指輪の値段のことは否定した。でも、ママゴトという言葉には何も言い返さなかった」

私は箸《はし》を置き、うつむく。安っぽい指輪が、いよいよ滑稽に見えてくる。

「それってつまり……そういうことなのかな。パパの言う通りだったってことなのかな？」

私はママを見る。お願い、否定して。嘘でもいいから、そんなことないよって言って。そう懇願するような目をしていたと思う。

「……ごめんね。ママには、拓海くんの気持ちはわからない。でも……」

ママは私の隣に来て、オモチャの指輪をしている私の手に、本物の、年季の入った指輪をした自分の手を重ねた。

「でも萌恵？　もしそうだったとしたら、萌恵にとっても、拓海くんとのことは、ママゴトだったってことになるの？　そんなふうに、片づけられるの？」

私は首を横に振る。強く、強く。

「そっか。そうよね」

「うん」

「胸が痛いね」

「うん」

「悲しくてしょうがないね」

「うん……んっ、んっ」

もうダメだ。私は堪《こら》えきれず、声をあげて泣いた。幼い子どもみたいに。

ママは、そんな私の背中をトントンと優しく叩きながら言った。

「それは、萌恵にとって初めての、本当の恋が、まだその胸の中で生きてるっていう証拠だよ。だから、あなたは、失恋なんてしてない」

「え？」

とママを見た私と、ママはなぜか視線を合わせることなく、話を続けた。

「失恋って〝恋を失う〟って書くでしょう？　それってきっと、大好きだった相手のことを、もう好きじゃないんだって、自分自身が認めてしまうことなんだと思う」


一夜明けても、私はオモチャの指輪を外さなかった。胸の中にある、私の恋が失われてしまうその時まで、できるだけ大事にしようと思った。

「萌恵ー、ごはーん！」

ママに呼ばれ、ダイニングへ行く。

ママが、昨日の残りの唐揚げを持ってきて、テーブルにのせる。その手を見て、私はえっ？　とママの顔を見た。ママは私のその視線を、妙にさっぱりとした笑顔でかわした。

「なんだよ、これ。冷めてるじゃん。温めが足りないんじゃないの？」

唐揚げを頬張り、パパが言う。

——そんなことより、パパ……？

ママも、唐揚げを一口食べて言った。

「ほんと、冷たくて全然美味しくない」

そして、唐揚げの皿を持って席を立った。

電子レンジの音を聞きながら、私はパパをじっと見る。

「なんだよ？」

「んーん」

この人は、いつ気づくんだろう。ママの左手の薬指に、もう指輪がはめられていないことに。パパを一途《いちず》に想い続けてきた、ママの細く長い恋が、もう失われてしまったのだということに。

（作　林田麻美）

完成した傑作ミステリー

スランプに陥っていた作家が、
ついに自身の最高傑作といえる
推理小説を書き上げた。
魅力的なキャラクターたち、
不可能を可能にする
大胆かつ巧妙なトリック、
物語の最後の最後に明らかになる
あまりにも意外な犯人と、その動機。
すべてが完璧だった。
日頃、冷たい対応の編集者も、涙を流した。
あとは本になるのを待つだけ。
作家は、本が書店に並ぶ日を待った。

先生が
復活することを
私は、信じていました！
この原稿が本になって
書店に並ぶ日を
楽しみにしていてください!!

本の発売当日、
作家は、書店におもむき、
小説のコーナーに足を運んだ。
店頭には、彼の傑作ミステリーが、
うず高く積まれている。
彼は、そのうちの一冊を手に取り、
数枚、ページをめくったところで、
ショックのあまり失神した。
彼が失神する前に
開いていたのは、
登場人物紹介のページであった。

早乙女郁馬：本書の主人公。比類なき人間観察力、発想力、論理力で多数の事件を解決してきた私立探偵。ウィットに富んだ会話と、その端正な容姿で、女性からも絶大な人気を得ている。しかし、実は、本書で起こる連続殺人事件の犯人。

添削指導

「桜井《さくらい》さーん。『彼』来てるよ、『彼』。幼なじみの！」

放課後、文芸部の部室。読書中だった私に向かって、部長がそう呼びかけてきた。

「彼」という言葉を聞いて、部室にいた他の女子生徒たちが、きゃあきゃあと黄色い歓声をあげ始める。

「いいなー、桜井さん！　仲よしの彼がいて！」

「幼稚園からずっと一緒なんでしょ？　うらやましい！」

私は、げんなりしてため息をついた。

うちの高校の文芸部は女子しかいないし、私を含めて基本的には、恋愛小説みたいなロマンスに憧れている文芸少女ばかりだ。だから、ちょっと「恋愛」っぽい気配を察知すると、すぐに皆で盛り上がってしまう。

「あの……秋山《あきやま》君は、そういう『彼』じゃないんで！　三人称代名詞の『彼』、彼氏の『彼』じゃありませんから!! 部長も、わざわざ変な言い方しないでください」

わざと皆の興味を引きそうな言葉を選んでニヤニヤ笑っている部長を、私は軽くにらんだ。そして、部室の入り口に突っ立っている秋山君を、ジロッときつい目でにらみつけた。

「……よぉ」

少し居心地の悪そうな顔をしながら、秋山君は軽く手を上げて挨拶してきた。

「秋山君……何か用?」

秋山君は、家も近所で、幼稚園から小中高と同じ学校に通い続けている幼なじみだ。小さいころはよく一緒に遊んでいたけれど、最近はほとんど接点がない。……接点がないにもかかわらず、どういうわけか、たまに文芸部の部室に来てはどうでもいい話をして、話題が尽きると気まずそうに帰っていく。秋山君が何を考えているのか、さっぱり分からない。

他の部員たちに囃《はや》し立《た》てられるのが恥ずかしいから、正直言って、来ないでほしい。……私のことが好きというわけでもないんだから、わざわざ雑談なんてしに来てほしくない。

「ちょっと話があるんだけど」

秋山君にそう言われて、私の心臓は跳ね上がりそうになった。

部室で他の人に聞かれるのはイヤだから、場所を変えることにして、一緒に中庭まで行った……。

＊　　＊　　＊

「あのさ、桜井。……ラブレターの書き方、俺に教えてほしいんだけど」

秋山君にそう言われた瞬間、私はとても嫌な気分になった。

……いくら私が文芸部の部員で、幼稚園からの幼なじみだからって。秋山君の鈍感さには、本当に腹が立つ。

「……どうして私に、そんなこと頼むの？」

低めの声で私が尋ねると、秋山君は、気恥ずかしそうに目を逸らしながらこう答えた。

「桜井は、文芸部だし。そういう文章、得意かなと思って」

「何それ？　私が、ラブレターをたくさん書いてるとでも思ってるの？」

秋山君は、私の気持ちに気づいていない。私は何年も前から、秋山君に片想いしているっていうのに。そんな私の気持ちも知らないで……。

秋山君が誰にラブレターを出す気なのかは知らないけれど、秋山君の恋の応援なんてしたくない。

だから、「ラブレターなんて自分で書きなよ」と冷たく断るつもりだったのに……。

「……仕方ないなぁ、もう」

私の口が、勝手に答えてしまっていた。私は昔から、頼まれごとを断れない性格なのだ。

大切な人の頼まれごとなら、なおさらだ。

大きなため息をついてから、私は秋山君にラブレターの書き方を説明し始めた。

「あのね。ラブレターっていうのは、受け取る相手の気持ちを思いやって書くものなの。だから、『僕は』『僕は』って、自分のことばかり書くのはダメ。相手のどんなところがステキだとか、相手とどんな出来事があったときに好きになったとか。いつも相手に寄り添ってね」

私は、誰かにラブレターを書いたことなんてない。でも、本が好きで恋愛小説も読むから知識だけは豊富にある。

「ふむふむ」

「書き出しは、丁寧に『突然の手紙を失礼します』とか『こんにちは』とかで始めるんだよ。丁寧な字で、心を込めて書いてね」

秋山君が眉間《みけん》にしわを寄せて考え込んでいる。

「……知ってるだろ？　俺、すごく字が下手なんだよ。やっぱりメールにしようかな」

「メールより手紙のほうが、想いが伝わるよ？　下手な字でも、がんばって丁寧に書こうとしたり、何度も書いて消しゴムで消して一番いいと思う文章を考えたり、そういう一つ一つの作業から『好き』の気持ちが伝わってくるんだから」

「ふーん。そういうもんなのか」

秋山君は、目を輝かせてうなずいている。授業中はいつも、眠たそうな顔をしてるくせに。こんな一生懸命な表情の秋山君を見るのは、久しぶりだな……。なんだか、胸がドキドキしてきた。

秋山君、本当に誰かに恋してるんだ……。そう思うと、少し涙が出そうになった。

秋山君が誰を好きになったのか気になったが、一方で知りたくない、とも思った。

「どうしたの桜井？　体調悪い？」

「別に……。あと、便箋《びんせん》は一、二枚くらいがおすすめ。長文をぎっしり書くのはダメだよ？　読みにくいし、受け取った子が負担に思うかもしれないから。シンプルで分かりやすくね。あと、便箋はぐちゃぐちゃに折らずに丁寧に畳《たた》んで、汚れていない封筒に入れること」

「その後半の部分、いらなくない？　聞かなくたって分かるから！　親みたいだな」

そうやってすぐムキになるところ、小学生のころから変わってないなぁ……。

秋山君の態度が可愛《かわい》くて、思わずくすりと笑ってしまった。

「ラブレターの書き方は、こんなところかな。あとは実践あるのみ、だよ！」

「そっか。ありがとう、桜井！　じゃあな」

「……うん。がんばってね」

笑顔で去っていく秋山君を見送っている間にも、私の胸はズキズキと痛んでいた。

＊　　＊　　＊

——翌朝。

登校して下駄箱を開けたら、白い封筒が入っていた。

差出人は、秋山君だった。

——え？
おそるおそる、封筒を開けてみる。
それは、秋山君の文字で書かれた、ラブレターだった。

＝＝＝＝＝＝＝＝＝＝＝＝＝＝＝＝＝＝＝＝＝＝＝

突然の手紙、ごめん。
君とは小さいころからずっと一緒だったから、
「一緒にいるのが当たり前」みたいに思ってたけど、
なんだか最近、君と一緒にいると、
そわそわして、気持ちが落ち着きません。
たぶん、君のことが好きなんだと思います。
特に君が本を読んでいる横顔、とても大好きです。
よかったら、俺と付き合ってください。

＝＝＝＝＝＝＝＝＝＝＝＝＝＝＝＝＝＝＝＝＝＝＝

消しては書き、書いては消して書き直してある、秋山君のラブレター。
ヘタクソな文章なのに、精一杯の「好き」の気持ちが、こんなにも伝わってくる
……。

そして、「好き」の相手が私だったということ。

私の目から、涙があふれていた。

「……秋山君」

ぽつり、ぽつりとこぼれた涙が、便箋を濡らす……。

そして、便箋の端っこに書かれていた小さな小さな文章に、目が留まる。

「ん？」


＝＝＝＝＝＝＝＝＝＝＝＝＝＝＝＝＝＝＝＝＝

桜井へ。

……こんな感じのラブレターにしようと思いますが、どうですか？

添削指導お願いします。

秋山

＝＝＝＝＝＝＝＝＝＝＝＝＝＝＝＝＝＝＝＝＝

私は、ラブレターを握りつぶしてしまった！

「はぁっ⁉　何なのよ、あいつ！」

これ、ラブレターのテスト原稿だったの？

許せない！　私の恋心をもてあそぶなんて！

激怒した私は、ぐしゃぐしゃに握りつぶした「ラブレター」をふたたび開いて、秋山君のお望みどおりに添削指導してやることにした。

赤鉛筆を握りしめ、怒りに任せて辛口コメントを書きまくる。

「――不合格です！　文章が分かりづらい。字がヘタなのも笑えないレベルです！　こんなラブレターで、秋山君のことを好きになってくれる女の子は、いないと思います！　以上。

桜井」

ふん、と鼻息を鳴らしながら、私は雑に折った便箋を封筒に戻して、秋山君の下駄箱に突っ込んでやった。

「ふざけないでよ、あいつ何なの！　……もう、絶対許さない！」

＊　　＊　　＊

――放課後。

「はぁ、不合格って……。俺って、ほんとに手紙のセンスがないんだな……」

秋山は、自分の下駄箱に入っていたラブレターを見て、肩を落とした。

桜井に出したラブレターが、まさかこんなにぐちゃぐちゃな状態で返ってくるなんて……。しかも、赤字で大量にコメントが書き込まれているとは。

「まぁ、たしかに『添削指導お願いします』って書いたけどさ……。そんなの、照れ隠しに決まってるじゃないか。まさか本当に添削コメントを返してくるなんて……。本当にあいつ、腹が立つほど鈍感だよな……」

秋山は、心を込めて書いたラブレターの最後の一文で、「添削指導」をお願いした。そんなのはただの照れ隠しだし、自分の手紙に自信がなかっただけなのだ。

秋山が付き合いたいと思っているのは、ただ一人――幼なじみの、桜井だけだ。

「あー。もう、手紙なんて、やめた！　俺の性格に合わないし」

ラブレターをくしゃくしゃに丸めてカバンの奥に突っ込むと、秋山は勢いよく歩き出した。

「告白なんて、口で言うのが一番だ」

目指すは、文芸部の部室。誰かがいてもいい。彼女に会って、直接、告白しよう。

（作　越智屋ノマ）

告白する勇気

ハルカは、ふいに自分が恋をしていることに気づいた。
相手は幼なじみのコウスケである。
家が隣同士で、弟にしか見えなかったコウスケが、
いつの間にか、大人になっていると思った瞬間、
ハルカは恋に落ちたのである。
コウスケは女子にもてる。
コウスケをねらっている女子はたくさんいる。
でも、コウスケが、ほかの誰かとつき合うなんて
考えられなかった。
そんなことになるくらいなら、
勇気をだして、コウスケに告白しようと思った。

ハルカは、
イライラしていた。
子どものような
コウスケの行動も、
「幼なじみ」ということで
許してきた。
しかし、今日のコウスケは、
あまりにもウザイ。
怒りの沸点に達し、
ハルカは言った。
「私の心の中のセリフみたいな
ナレーション口調で、
耳元でボソボソささやき
続けるのはやめて！」

ハルカは、ふいに自分が
恋をしていることに気づいた。
相手は幼なじみのコウスケである。
家が隣同士で、弟にしか
見えなかったコウスケが、
いつの間にか、
大人になっていると思った瞬間、
ハルカは恋に落ちたのである。
コウスケは女子にもてる。
コウスケをねらっている女子
はたくさんいる。
でも、コウスケが、ほかの誰
かとつき合うなんて
考えられなかった。そんなこ
とになるくらいなら、
ブツブツうるさい！
私のことが好きなら、
勇気をだして、
告白くらい
ちゃんとしなさい！

でんでん虫の悲しみ

一匹のでんでん虫がありました。

ある日、そのでんでん虫は、たいへんなことに気がつきました。

「わたしは、今までうっかりしていたけれど、わたしの背中のからの中には、悲しみがいっぱいつまっているではないか」

この悲しみは、どうしたらよいでしょう。

でんでん虫は、お友だちのでんでん虫のところにやっていきました。

「わたしは、もう生きていられません」

と、そのでんでん虫はお友だちに言いました。

「なんですか」

と、お友だちのでんでん虫は聞きました。

「わたしは、なんという不幸せな者でしょう。わたしの背中のからの中には、悲しみがいっぱいつまっているのです」

と、はじめのでんでん虫が話しました。

するとお友だちのでんでん虫は言いました。

「あなたばかりではありません。わたしの背中にも、悲しみはいっぱいです」

それじゃしかたがないと思って、はじめのでんでん虫は、別のお友だちのところへ行きました。

すると、そのお友だちも言いました。

「あなたばかりじゃありません。わたしの背中にも、悲しみはいっぱいです」

そこで、はじめのでんでん虫は、また別のお友だちのところへ行きました。

こうして、お友だちを順々にたずねていきましたが、どの友だちも同じことを言うのでありました。

とうとうはじめのでんでん虫は、気がつきました。

「悲しみはだれでも持っているのだ。わたしばかりではないのだ。わたしは、わたしの悲しみをこらえていかなきゃならない」

そして、このでんでん虫はもう、なげくのをやめたのであります。

（作　新美南吉）

＊原作のカタカナ表記を漢字かなまじりに変えたほか、分かち書きを読点に変更したりなどしています。

起承転結（を全然無視の笑い）

起・承

オリンピック代表を選ぶ
マラソン大会――。
ゴールまであと
100メートルのところで、
ライバル選手に抜き去られた
ヒグチ選手は、
悔しさのあまり、
心の中で叫び声をあげた。

転

しかし、ヒグチ選手はあきらめなかった。
再びライバル選手を追い抜くため、
最後の力を振り絞って、スピードを上げた。
しかし、彼の肉体は、限界を超えていた。
気持ちについていけず、
彼の足はからまり、大きく転んだ。
そして、ヒグチ選手の身体は、
トラックにゴロゴロと転がった。

結

倒れた拍子に、ヒグチ選手の
マラソンパンツがズリ落ちた。
ヒグチ選手の姿を
アップでとらえようとした
テレビカメラが、
ヒグチ選手のはだけた尻を
大きく映しだした。

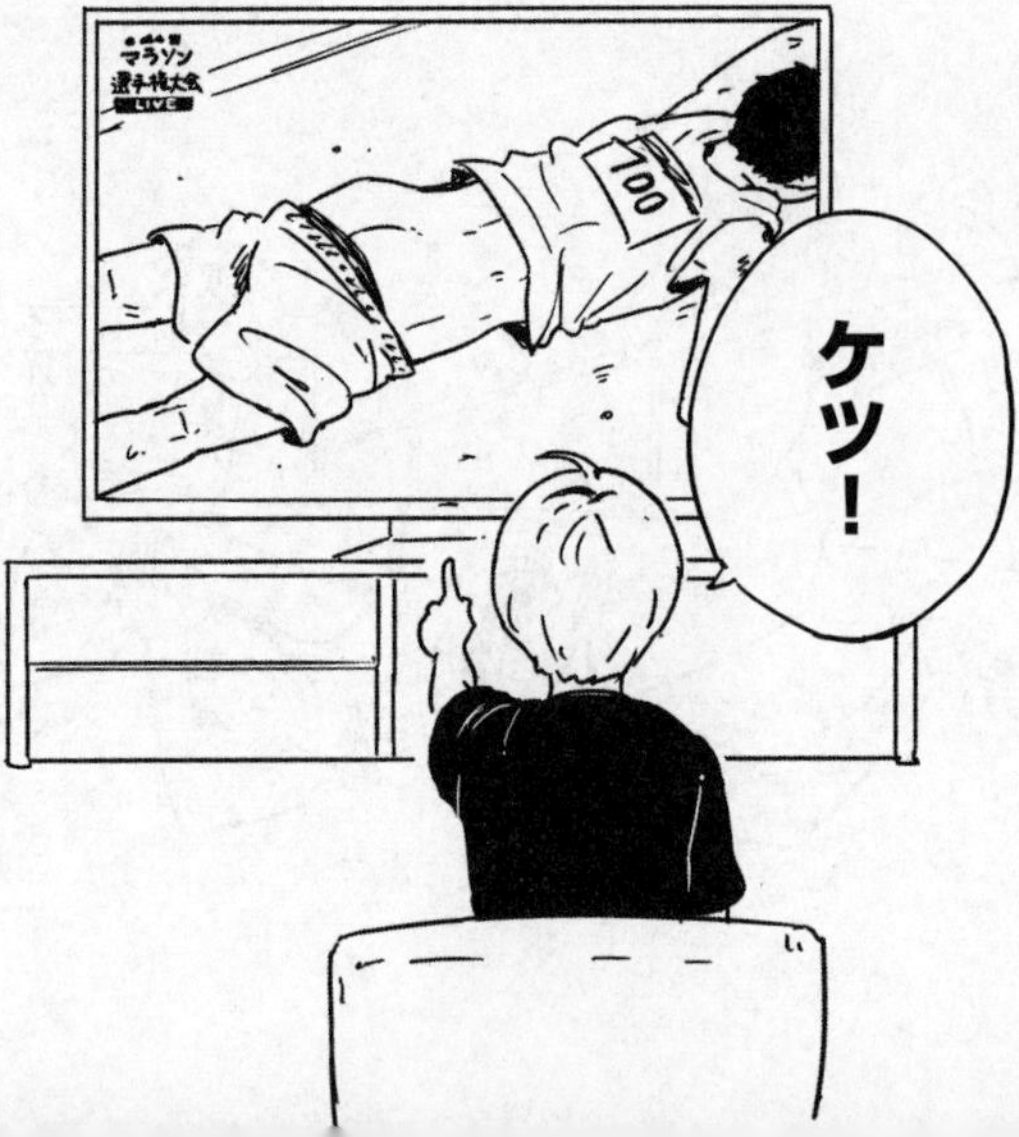

三右衛門の罪

あるところに、正直であることを絶対の正義とする殿様がいた。正直であるかどうかがすべての判断の基準で、そのやり方は徹底的だった。

たとえば家来が何か失敗をしたとする。それが重大な失敗でも、素直に謝る正直者なら笑って許す。しかし、言い訳をして自らの責任を逃れようとすれば、どんなにかわいがっていた家臣でも処刑する。それが、その殿様のやり方だった。

そんな殿様の家臣に、細井《ほそい》三右衛門《さんえもん》という腕利きの剣客がいた。殿様が三右衛門を深く信頼するようになったのは、数年前の戦がきっかけだった。

この戦で、二人の家臣が、大怪我を負いながら武勲を上げた。その労をねぎらうため、殿様は二人を城に呼び寄せて尋ねた。

「怪我の具合はどうか」

一人はやせ我慢をしてこう答えた。

「大丈夫です、なんともありません」

もう一人は正直に、こう答えた。

「ひどく痛みます。しかし、このくらいの痛みがなければ生きているとは言えません」

この正直者の家臣こそ三右衛門だった。この時から、殿様は三右衛門を絶対的に信頼するようになった。自分の警護を担当させ、また剣の指南役にも任命した。

その三右衛門が、数日前、衣笠数馬《きぬがさかずま》という若い侍を切り殺したという。殿様はすぐに三右衛門を呼び出した。その理由を聞くためだ。

案の定、三右衛門は数馬から闇討ちを仕掛けられていた。それを返り討ちにしたというのだから、これは三右衛門の正当防衛である。

ただ、殿様には気になることがあった。なぜ三右衛門は数馬に襲われたのか。三右衛門が数馬に対して、何か恨みを買うような真似をしたのだろうか。

三右衛門の答えはこうだった。

「思い当たるというほどのことではございませんが、ないことはございません」

「よし、申してみよ」

「四日ほど前、数馬は剣道の試合に臨《のぞ》みました。相手は平田多門《ひらたたもん》と申す者で、審判を務めたのが私でございました」

「読めたぞ。その試合で、数馬は負けたのだな」

「おっしゃるとおりです。その負けに数馬は不満を持っていたのだと思います」

「つまり数馬は、お前が多門を依怙贔屓《えこひいき》して、自分を負けさせたと考えたわけだな」

「はい」

「もちろん、お前は多門とやらを依怙贔屓してはいないはずだ」

「そのとおりでございます」

「数馬には、疑り深いところがあったのか」

「そうは思いません。数馬は若者らしい、性格の真っ直ぐな男でした。ただ多少、感情に流されるようなところもあったように思います。それに……」

と言葉を区切って、三右衛門は、かみしめるように言った。

「あの試合は、数馬にとって、とても大切な試合でした」

「というと？」

「数馬はまだ、剣道では初級の免状しか持っておりませんでした。それは多門も同じで、あの試合に勝ったほうが、昇級する予定になっていたのです」

殿様はしばらく考えてから、話題を移した。

「数馬に襲われたのは、夜だったそうだが」

「はい。あの日は雪の夜で、私は一人、傘を差しながら家路をたどっておりました。左から横殴りの突風が吹きまして、とっさに傘を半開きにして左に向けました。人影が左から切りかかってきたのはその時でした」

「無言で切りかかってきたのか？」

「はい。何が起こったかすぐには分からず、それでも危険を感じて、私はさっと後ろに飛《と》び退《の》きました。しかし、刀がなおも襲ってきて、今度は袖をわずかに切られました。私は刀を抜き、次の瞬間には相手の横腹を切り裂いておりました」

「その一連の動きの中で、相手が数馬だと気づいたのか？」

「いいえ」

「切った後で、数馬は何か言ったのか？」

「うめくのは聞こえました」

「その声に聞き覚えがあって、数馬だと分かったのだな」

「いいえ」

「切り伏せてから顔を見て、初めて分かったということか？」

「いいえ」

「分からんな。ではいつ、数馬だと分かったのだ」

その質問には答えず、三右衛門はすっと目を伏せた。親しげだった殿様の表情は、いつしか威厳のあるそれに代わっていた。その声が、厳しく言った。

「申してみよ、三右衛門」

三右衛門は、目を伏せたまま答えた。

「あの試合で、数馬が私を恨んだのは当然であると思います。もちろん私は、多門を依怙贔屓などいたしておりません。そもそも多門の剣はせせこましく、逃げ回って相手のすきを突くような邪道の剣でした。その卑怯な剣を、私が依怙贔屓するわけもございません。しかし、だからといって私に、依怙贔屓がなかったとは言えません」

「どういうことだ？」

「私はむしろ、数馬を依怙贔屓していたのでございます」

「数馬を？」

「はい。数馬は将来有望な男でした。数馬の剣は、敵を真正面から迎え入れて真っ直ぐに打つという、正統派の剣です。あと二、三年もすれば、多門など足元にも及ばないほどに上達していたことでしょう」

「それが分かっていて、どうして数馬を負けさせたのだ？」

「そこでございます。むしろ私は、数馬を勝たせたいと思っておりました。少なくとも、試合が始まった時はそうでした。両者が正眼の構えとなり、互いに気合を込めてじりじりと間合いを詰めていきます。初太刀を放ったのは多門でした。数馬はそれを鮮やかに切り返すと同時に、小手を打ちました。ところが、ここで私に迷いが生じたのです。たしかに数馬の竹刀は小手をとらえましたが、その当たり方が少し弱かったような気がしたのです。本来の数馬の打ちではないと感じました。にもかかわらず一本にしてしまっては、数馬の将来のためにならないのではないか。そんなことを考えるうちに、旗を揚げる機会を逃してしまったのでございます」

「ふぅむ」

「それでも数馬は、私の期待に応えようとするかのように何度も技を繰り出しました。惜しい面打ちがありました。惜しい突きがありました。ところが最初の小手を一本と認めなかったがために、私はそれらにも旗を揚げることができなくなっていたのです。数馬自身も、旗が揚がらないので焦ったのでしょう。だんだん打ち急ぐようになりました。そんなさなかに数馬が不用意に小手を狙い、その竹刀を多門がはらって小手に返しました。多門の小手打ちは、今から思えばずいぶんと弱かったと思います。しかし、才能のない多門にしては上出来の打ちでした。気がつくと私は一本を宣言し、多門に旗を揚げておりました。つまり私は、数馬を依怙贔屓していたがゆえに、結果として数馬を負けさせてしまったのでございます」

「なるほど」

「あの雪の夜、闇討ちに遭う前に、私はずっと数馬のことを考えておりました。きっと私を恨んでいるだろうなと、心の中で数馬を想像していたのでございます」

「だから、切りかかられたときに数馬だと分かったのだな」

「はい。身のこなしとか声とか、そういうことではなく、切りかかるとしたら数馬だと、直感したのでございます。とはいえ……」

そこで三右衛門は、一度姿勢を正してから、平伏した。

「むざむざとご家来を死に至らしめたのは、私の罪でございます。この上は、いかなる咎《とが》めも潔く受ける所存でございます」

「よい、よい。気にするな」

殿様は、いつしか機嫌を直していた。

「お前のしたことは悪いことかもしれない。しかし理由を聞けば、それもしかたのないことだったのだ。だからこれからは……」

そこまで言いかけて、殿様はふと口をつぐんだ。そして、わずかに首をかしげてから、あらためて言った。

「先ほどお前は、闇討ちの直前、数馬の心境をおもんぱかっていたと申したな」

「はい」

「数馬が試合の事で心を痛めていることを、お前は知っていた。しかもお前は、数馬を将来有望な男だと認めていた。切りかかってきた瞬間、それが数馬と分かったのなら、なぜ切り伏せずに捕らえなかったのだ。お前の腕ならたやすいことだと思うが」

「それは無理でございます」

そう言って、三右衛門が顔を上げた。

「なぜだ」

「数馬は将来有望な男でした。しかし私に切りかかった瞬間、数馬は有望な男から、ただの無法者となりはてました。虫けらをつぶすのに、躊躇《ちゅうちょ》など無用でございます」

その瞳には、情をかけた者でさえ敵とみれば一瞬で殺せる、残虐で冷酷な心が、正直に映し出されていた。


（原作　芥川龍之介、翻案　吉田順）

ナポレオン

転校したばかりで、クラスにもなじめず、
一人で部屋に閉じこもって
ゲームばかりしている子どもの様子を見かねて、
父親が言った。
「ナポレオンはお前くらいの年齢の頃、
イタリアからフランスに留学したんだ。
彼は、新しい学校になじめなかったけど、
古今東西の書物を読んで、
将来、世の中を変える人物になることを
夢見ていたらしいぞ。
お前も、ゲームなんかやってないで、
たくさん本を読んで、広い世界に目を向けろよ」

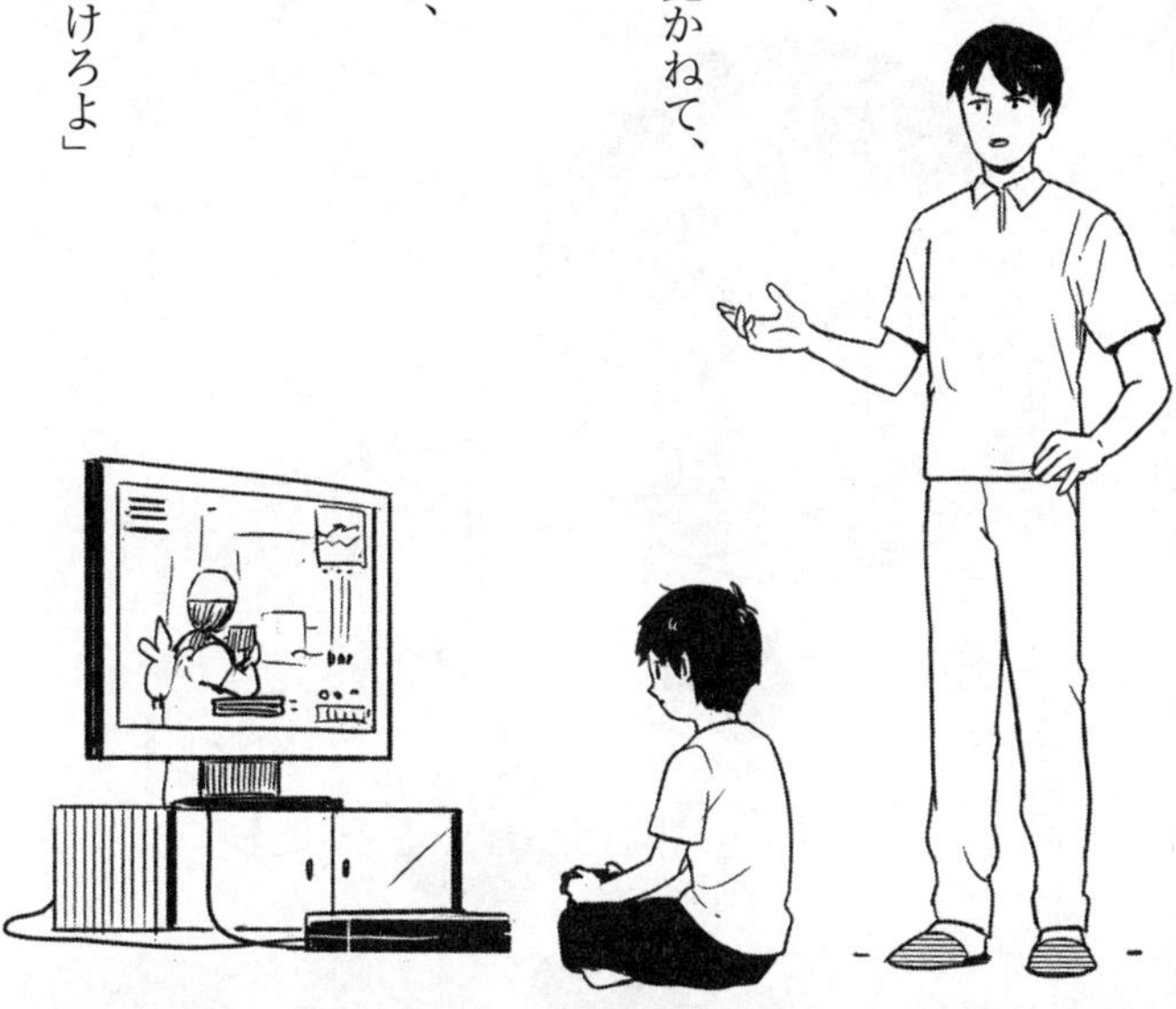

子どもは、ゲーム機から視線を離すことなく言った。
「パパ知ってる？
ナポレオンは、今のパパくらいの年齢のときには、
すでにフランスの皇帝になっているんだよ？
パパも、もっと上を目指したら？」
父親が、怒りのあまり、
何も言えずにいると、
子どもが、続けて言った。
「でも最後、ナポレオンは、
大西洋の孤島に幽閉されて、
暗殺されたって説もあるよね。
パパは、ナポレオンになんか
ならないで、
今のままのパパでいいや」

具のない味噌汁

「人生の危機というものは、何の前触れもなく、こうして突然訪れるものなのか……」

一人の男が、そうつぶやいた。

郊外のアパートに、妻と二人で暮らす絵描きがいた。彼は、貧しいながらも、明るい妻のおかげで、幸せな家庭生活を送っていた。

ところが、そのささやかな幸せが、終わろうとしていたのだ。

その日、彼が画廊を訪れると、オーナーからこう言われた。

「あなたの絵は、センスが古い。もう、うちでは扱えない。今、飾ってある絵も、すべて持ち帰ってほしい」

その言葉が、前触れだったかのように、挿絵の仕事をしていた出版社からも、「連載終了」の宣告をされた。

絵も売れず、原稿料も入らなくなり、彼は無収入となった。会社員と違い、自由業である彼には、退職金も、失業手当もない。細々と蓄えた貯金を切り崩しても、いつかは限界がくる。このままでは、どうやりくりしても、家賃も払えなくなってしまう。心配と緊張から眠れない夜が続いた。

追いつめられた彼は、ある決意をした。

「初心に戻って、一からやり直そう。自分が心から楽しめる絵を描こう。あと少しだけ、好きな絵を描くことに集中しよう。もし、それでも道が開けなかったら、絵を描く仕事はキッパリとあきらめ、どこかの会社に就職しよう」

彼は、妻にその覚悟を宣言し、これからしばらくの間、生活費を切りつめ、一緒に苦労してもらうよう頼んだ。

ある日、買い物から帰ってきた妻が、袋から箱を取り出した。そして包装紙をいそいそとはがし、嬉しそうに箱を開け、〝あるもの〟を二つ、彼に見せた。

それを見た瞬間、彼は愕然とした。それは、数万円はするであろう、料亭で使うような〝輪島塗《わじまぬり》のお椀〟だったのだ。

「一円の無駄遣いもできない時期なのに、なぜ、こんな高価なものを買ったんだ！節約しなくちゃいけない事情もちゃんと説明しただろ。こんな状況になった責任は僕にある。でも、君にも協力してもらわないと困るんだ！」

　彼は激怒し、妻をなじった。

　ところが、妻は、涼しい顔をしてこう言った。

「これから、うちは貧乏になるのよね？」

「ああ」

「そうなると、おかずも買えないから、ごはんとお味噌汁だけの食事ということもあるわよね？　それどころか、お味噌汁の具を買えないこともあるかもしれない」

「うん……」

「でも、そんなとき、このお椀を使えば、たとえ具のないお味噌汁でも、料亭のお味噌汁みたいに感じられると思うの。そうしたら、家計は貧乏でも、気持ちは貧乏にならないでいられると思うの」

「たしかに、そうかもしれないけど、だから何だっていうんだ？」

「これは、食事のことだけじゃなくて、あなたの仕事のことを言ってるの。あなたの覚悟はわかるけど、切羽詰まった気持ちで挑戦すると、その切迫感が絵に出て、いいものにならないと思うの。あなたの絵は、他人を幸せにするためのものでしょ？　こんなときこそ、豊かな気持ちになるべきだわ。だから、これを買ってきたのよ」

言葉を失った。しかし、彼の目からは、涙がこぼれ落ちた。

彼には、その言葉を伝えるだけが精一杯だった。それでも、妻は彼の思いを受け取った。

「ありがとう……」

「どういたしまして」

妻は、笑顔でウインクした。

職人が丹精こめて作った輪島塗のお椀で味噌汁を飲むと、具が何も入っていなくとも、とても豊かな気持ちになれた。

彼は、そのおかげで、新たに売り込むための作品を、明るい気持ちで、のびのびと描くことができた。そして、そのすがすがしい気持ちが、彼の作品の新境地を開いた。

彼の新しい作品は、彼が一流の絵描きとして認められるきっかけとなった。

（作　おかのきんや）

新釈ピノキオ

ゼペットじいさんが作った人形ピノキオに、
妖精が生命を吹き込んだ。
しかし、ピノキオには「魂」がなく、
人間になることはできなかった。
人間の心をもたないピノキオは、
平気でウソをついて、皆を困らせた。
妖精は、「ウソをつくと鼻がのびる」という
罰をピノキオに与えた。
ある日、誤って足をすべらせたおじいさんが、
崖《がけ》から落ちそうになった。
ピノキオは必死でおじいさんの手をつかんだが、
木でできた腕は、肩のところから
関節がはずれる寸前であった。

クソじじい！
俺を巻き込むな。さっさと手を離せ！

するとピノキオの鼻がみるみるのび、
おじいさんは、
ピノキオの鼻につかまることで、
なんとか崖からはい上がることができた。
しかし、腕はもげ、鼻も折れ、
ピノキオは、ボロボロな人形になった。
そのとき、まばゆい光がピノキオを包んだ。
やがて光がうすれると――
そこには、一人の少年が横たわっていた。
子どもがゆっくりと目を開ける。
ゼペットじいさんは、
泣きながら、その子を抱きしめた。
男の子は言った。
「ぼく、おじいさんを助けるために頑張ったんだ」
そして、ちょっとだけ誇らしげに、鼻を高くした。

暗証番号

一人の裕福な男が、重い病で寝込んでいた。病院嫌いの男は、入院を拒否し、自宅療養を決めた。しかし、だんだんと食事をとる気力もなくなり、昏々と眠り続けることが増えていった。男は、自分の死を覚悟したようだった。

ある日、男は三人の息子を寝室に呼びつけ、こう告げた。

「わたしの遺産を、おまえたちにくれてやる。現金、貴金属、不動産の権利……すべて、地下室にある金庫の中だ。金庫には、四ケタの暗証番号を設定してある。その番号を入力することが、あの金庫を開ける唯一の方法だ。ただし、番号の入力を三回間違えれば、金庫は永遠に開かなくなるから、気をつけろよ。どんな手段を使ってもいい。暗証番号をつきとめて、あの金庫を開けることができたら、中にある遺産は、おまえたちのものだ。わたしの命は、来月までもたないかもしれない……。だから、今月末日の夜十二時までに金庫を開けられれば、おまえたちの勝ちとしよう。しかし、期限を過ぎてしまったら、遺産はすべて寄付する。弁護士にも伝えてあるから、ごまかしはきかんぞ。せいぜい頑張れ」

そう言って、にやりと笑みを浮かべた男は、また深い眠りに落ちてしまった。

その寝顔をじっと見下ろして腕を組んだのは、三人の息子たちである。

「最後まで、俺たち家族に対して愛のない男だな」と長男がつぶやき、「遺産を渡す気なんてないんじゃないか?」と次男がため息をつく。三男は、黙って宙を見つめていた。

「とにかく、四ケタの暗証番号を推理するしかないな」

三人は地下室に向かった。薄暗い部屋の一番奥の壁ぎわに、その金庫はあった。まるで夜の静寂で塗り固めたかのように冷えた漆黒《しっこく》の金庫は、見るからに、簡単にはその扉を開けてくれそうにない。

三人の兄弟は、再び腕を組んだ。

「おふくろの誕生日とか、どうかな?」

やがて、そう言ったのは行動派の長男だ。そして、次男と三男が考えているうちに、金庫についているダイヤルを回す。

兄弟の母親の誕生日は十二月八日なので、まずてっぺんの赤い目盛りに「1」を合わせ、次に左へダイヤルを回し「2」、さらにダイヤルを逆回転させ右に「0」、最後にふたたび逆回転させて「8」に合わせた。

開錠を予感させる音はせず、厚く重そうな鉄の扉は、押しても引いても開かなかった。

「母さんの誕生日だなんて、そんな安直な暗証番号なわけがないだろ、兄さん。だいたい、あの男は、母さんのことを愛してなかったんだから」

次男が、吐き捨てるように、そう言った。

兄弟たちの父親は、仕事に生きる人間で、家庭をないがしろにする男だった。たしかに、そのぶん裕福な暮らしはできたと兄弟たちは思っているが、父親にとって自分たちは、「仕事以下の存在」なのではないか、という思いは、いつまでも心のすき間に居座っていた。

その不満と不信が決定的なものになったのは、母親の臨終のときだった。父親は、旅立とうとしている母親を見送ることよりも、「大事な商談があるんだ」と言って仕事を優先したのである。

結局、母親は、父親の名前をつぶやきながら、この世を去った。

だから、父親が病に冒《おか》されたことは、そんな人生を送ってきたバチが当たったのだ、と兄弟は思った。自分が見殺しにした母親の誕生日を、あの父親が大事な金庫の暗証番号にしているはずもない。

「これで、チャンスが一回、ムダになった。次に失敗したら、あとがなくなる」

慎重派の次男は記憶を引き出そうとするかのように、こぶしを額にあてた。しかし、いくら考えても、なんの数字も浮かばない。それは、長男と三男も同じだった。彼らと父親の関係は、それほどまでにうすいものになっていたのである。

やがて、こぶしを下ろした次男は、思いついたように人差し指を立てた。

「暗証番号をつきとめるためには、どんな手段を使ってもいいって、あの男、言ってたよな。それは暴力的な行為も含まれるのかな？」

「馬鹿なことを言うな。そんなことが認められるわけがないし、そんなことで白状するような男じゃないだろ」

「だったら、あいつが暗証番号に設定しそうな四ケタの数字を、誰かから聞きだそう」

「誰かって、誰だよ」

「あいつの古い友だちとか、主治医とか、腹心の部下とか、家の使用人とか……とにかく、心当たりがありそうな人にだよ。金庫は、今月中に開ければ僕たちの勝ちなんだから、時間はまだある」

こうして、三人の兄弟は手分けして、暗証番号をつきとめるために聞き込みをして回ることにした。

父親の会社の株価の最高値、「6・8・7・8」。

父親が今の会社を立ち上げた年、「1・9・8・8」。

父親が会社の海外進出を実現させた日付、「0・6・2・5」。

父親が敬愛するとある独裁者の没年、「1・9・4・5」。

父親が我が子より大事にしていた愛車のナンバー、「5・0・3・3」。

父親が道楽でオープンさせたレストランの番地、「1・0・2・7」。

父親が母親の最期より仕事を優先した日付、「1・0・2・9」。

……「4・9・5・8」「3・9・6・4」「2・1・2・0」「8・8・0・0」「7・6・1・4」「9・0・9・1」「1・2・2・4」「0・2・8・3」……。

兄弟たちは、さまざまな数字をかき集めた。しかし、どの数字にも確信はもてなかった。

次男は、慎重に慎重に数日をかけて考えて、もっとも可能性が高いと思われる数字をひとつ導き出した。

「この家が完成した日付かもしれないな。あの男、家庭は愛さなかったけど、この家のことは愛していたからな。暖炉に日付を入れたりしてただろ」

長男も三男も忘れていたが、次男の言うとおり、この家にある暖炉の壁には四ケタの数字が刻まれていた。すすをはらったところに浮き出たその数字は「0・4・2・9」――くしくも今日の日付だった。

三人は地下へ移動し、金庫のダイヤルを回した。父の性格を考えれば、この推理は間違っていないような気がした。

しかし、金庫の扉はまたしても、ぴくりとも動かなかった。

「どうするんだよ、もう失敗できないぞ」

「ほかに、あいつが考えつきそうな数字といったら……」

「なぁ、今月中に開けないとだめなんだろ？　ちゃんと考えないと」

「わかってるよ、そんなこと」

長男と次男の会話が、徐々にトゲトゲしくなってゆく。見かねた三男は、ここでようやく口を開いた。

「二人とも、ちょっと頭を冷やしたほうがいいよ。落ち着いて、もう一回、考え直してみよう。時間は、まだ少し残ってるんだからさ」

三男の言葉に、長男と次男は渋々といった様子で自室に引きあげていった。きっと、それぞれ自分の部屋にこもって、四ケタの数字を必死に考えるのだろう。

三男だけは自室に戻らず、父親の寝室へ向かった。

寝室へそうっと入っていくと、広いベッドの真ん中で、父親が静かに眠っている。ずいぶんやせたな、と三男は思った。自分や兄たちが子どもの頃は、頬にも肩にも、もっと肉がついていた。肩車をしてもらって、うしろから父の頬を両手ではさんだときの感触を思い出す。

「父さん」

呼びかけても、深い呼吸を繰り返しながらまた昏々とした眠りの底にいる父は、まぶたさえ動かさない。

「あなたは、何を考えているんですか？」

壁にかけてある日めくりカレンダーだけが、親子を置いて未来へ進んでゆく。

父親が目を覚ましたとき、そばにいたのは三男だけだった。

「二人はどうした？」

まだ夢うつつの状態にある父親に尋ねられ、三男は、ベッドわきの丸イスに座ったまま、疲れた微笑みをこぼす。

「金庫が開けられなかったから、不機嫌そうに部屋に引きこもってます」

末息子の言葉を受けて、父親は横になったまま目だけを動かした。壁にかかった日めくりカレンダーは、五月二日を示していた。

「五月に、なったのか」

「父さん、よく眠ってたから」

病のせいで深い眠りに落ちることの多い父親は、二日間も三日間も眠り続けることがあった。今回もまた、そうやって長い時間、夢の世界をさまよっていたのだろう。

失ったものを惜しむように、父親は、悲しげな微笑みを浮かべて言った。

「金庫は、開かなかったのか？」

三男は、眉を八の字にして、力なく笑った。

「いろいろ考えて、試しました。『母さんの誕生日』、『この家が完成した日』……そして、僕たち家族がバラバラになるキッカケになった、『母さんが亡くなった日』……。すべて試したけど、だめだった」

「当たり前だ。簡単に開けられては意味がない」

父親は息をついた。何かを誇るような、何かをあきらめたような吐息だった。

「ねぇ、父さん。その暗証番号は、父さんにとって一番大切なものなんだろ？　僕たち家族のことを顧みないで、何より大事にしてきたものって、なんだったの？　金庫の暗証番号は、なんの数字だったの？」

「そうだな……」

父親は、ゆっくりと上半身を起こした。三男がそれを手伝い、父親の背中のうしろにクッションを入れて、ベッドに座る体勢をつくってやる。ゆっくりと息を吐いて、父親は言った。

「たしかに、おまえの言うとおり、わたしは家族にとって『いい父親』ではなかっただろう。命が尽きかけている今だからこそ、これまでの行いがよくわかる。そして、わたしがここまで走り続けてこられたのが、どうしてなのかもな」

「……その『走り続けてこられた理由』が、父さんの一番大事なもの？」

すっと目を細めてつぶやいた三男に、父親は、小さくうなずいてみせた。

「わたしと、母さんと、それからおまえたち三人を連れて、初めて一家五人で海へ行った日のことを覚えてるか？」

「海……。ああ、僕が五歳の夏だったよね。仕事ばっかりで、なかなか休みもとれない父さんが初めて連れていってくれた旅行だったから、よく覚えてるよ」

「おまえが生まれてから家族そろって遠出したのは、あれが初めてだった。上の二人は、初めて海を見たときは大はしゃぎだったが、おまえは違った。水平線をじっと見つめて、何かを考えているような顔つきで……ああ、こいつは将来、大物になるなと思ったもんだ」

「それじゃあ、暗証番号って……」

「そのときの日付だよ。忘れもしない、七月二十八日。家族五人が並んで、同じ方向を見ていた日……『0・7・2・8』が、わたしの設定した暗証番号さ。わたしたちは、家族であると同時に、同志なんだ。誰かが力尽きたとしても、そこで歩みを止めてはいけない。母さんが亡くなったことは残念だが、母さんは、わたしが立ち止まることなんて望んでいなかったはずだ」

父親のその言葉を聞いた三男は目を見開いたかと思うと、下を向いて肩を震わせた。いつも冷静な三男が、これほど感情をあらわにすることは——涙を見せるのは珍しいことだ。

しかし、次に顔を上げた三男のその目には、父親が想像した涙は浮かんでいなかった。むしろ、すっきりと乾いた瞳には余裕のある笑みが宿っていた。

どういうことか父親が考えるより先に、三男が丸イスから立ち上がる。突然のことに目をしばたたく父親を置いて、三男は軽やかな足どりで寝室の扉に向かった。

「どうしたんだ？」

父親の問いかけに、扉のノブに手をかけた状態で、三男が振り返る。そして、自分よりずっと小さくなってしまった父親を見つめる。

「『どうした』って、金庫を開けにいくんですよ。今日が期限の最終日だからね」

一瞬、父親は何を言われたか理解できなかった様子で、まばたきをした。疑問の色を宿したままの瞳を、壁の日めくりカレンダーに向ける。そこに示されているのは「五月二日」……。

ハッと、父親は息をのんだ。ぽかりと開いた口を隠すことも忘れ、末の息子に視線を戻す。

父親を超えたことの喜びと寂しさを同居させた表情を浮かべる三男の手には、ちぎられたカレンダーがひらひらと揺れていた。

「ごめんね。だけど、父さん、言ったよね。暗証番号をつきとめるためには『どんな手段を使ってもいい』って。だから、僕の勝ち。昔、父さんが出してくれたなぞなぞで、僕たち兄弟が競い合ったことを思い出したよ」

そう言って、三男は悠々と寝室を出ていった。出ていくときに彼はむしったカレンダーを手放した。カレンダーが、はらりと絨毯《じゅうたん》の上に落ちる。どこから吹いてくるとも知れない風に頼りなく揺れているそれが、まるで、自分の手に握らされた白旗のように父親には見えた。

「まったく……大きくなったものだよ、おまえは」

やせた手で顔をおおい、愛すべき息子に、父親は苦笑まじりに語りかけた。

（作　桃戸ハル、橘つばさ）

ナポレオンの復活

テレビで政治家たちの失態を伝える
ニュースが報じられていた。
そんなニュースを眺めながら、
父親が息子に言った。
「現代の日本にナポレオンが生きていたら、
国民は、どう思うだろうね？
有能な政治家になれたと思う？」
同じ番組を眺めていた息子が答えた。
「すべての国民から尊敬され、
そして人気者になったんじゃない」
いつもとは違い、やけに素直なことを
怪しみながら、父親が息子に聞いた。
「なんで、そう思うんだい？」

息子は、そんな質問をされたこと自体に驚いた、というような顔をして言った。

「ナポレオンって、十八世紀後半の生まれだよ。今、生きていたら、二百五十歳くらいでしょ。そんな長寿の人だったら、尊敬もされるだろうし、人気者にもなると思うよ。でも、政治家としてはどうかな。二百五十歳のおじいさんには、政治家は、体力的に無理だろうし、そもそもナポレオンは、日本語を話せないだろうしね……」

唖然とする父親に、息子は続けた。

「っていうか、最近、何でも『ナポレオン』にたとえるけど、どうしたの？　何か、ナポレオンに関するテレビ番組でも観た？」

お財布の蛇

「……ねぇ。どうしておばあちゃんは、蛇のミイラなんかを、お財布に入れてるの？」

八歳のマコトは祖母の部屋に行くなり、気味悪そうな表情で祖母に問いかけた。マコトは、蛇が大の苦手だ。

「あれはミイラじゃなくて、抜け殻なんだよ。蛇は脱皮する生き物だからね。昨日、畑で蛇の抜け殻を見つけて、縁起がいいから財布に入れておいたんだよ」

畳に座ってのんびりとお茶を飲みながら、祖母は答えた。

「昔から、蛇の抜け殻を財布に入れておくと、金運がよくなってお金が増えると言われているんだよ。蛇は神様の化身とも言われているからね」

マコトは、少し青ざめていた。

「あんな気味が悪いのに、蛇が……神様なの？　そんなの迷信でしょ……？」

祖母は自信たっぷりにこう答えた。

「いいや。蛇は神様に違いないと、おばあちゃんは思っているよ。きっと蛇の神様はなんでもお見通しだから、毎日コツコツがんばっている人や、正直で誠実な人には、ご褒美でお金を増やしてくれるのさ。ほら、マコトも蛇の神様にご挨拶してごらん。お金を増やしてくれるかもしれないから」

そう言いながら、祖母は自分の財布の中に丁寧に折り畳んで入れておいた蛇の抜け殻を、取り出そうとした。

「い、いいよ。やめておくよ……」

マコトは居心地が悪そうな様子で、祖母の部屋から出ていった。

「……おや、まぁ！　これは……！」

翌朝、食後のお茶を飲んでから自分の部屋に戻った祖母は、驚いたような声を上げた。ちゃぶ台の上に置いておいた財布が、ぱんぱんに膨《ふく》らんでいたからだ。

財布を開けてみると、さらにびっくり。

「あらあら、お財布の中の小銭が増えているよ！　不思議だねぇ。さっきまでお財布はぺしゃんこだったのに……いつの間にお金が増えたんだろう」

やや大きめの声で、祖母は独り言をこぼしていた。

「あぁ、嬉しい。蛇の神様がお金を増やしてくれたのかねぇ……やっぱり神様は、全部お見通しなんだね」

ふすまに背を向けて、祖母はくすりと微笑んだ。ふすまには細い隙間が開いており、部屋の外からマコトが覗き見をしている。

祖母がふすまのほうを何気なく振り返ると、マコトはあわてた様子で自分の部屋に戻っていった。

祖母は財布を手に持って、くすくすと忍び笑いをもらした。祖母の目論見《もくろみ》通り、マコトは今までくすねていた小銭をある分全部、この財布に戻してくれたようだ。

「……そもそも、あたしのお財布に蛇の抜け殻が入っていることなんて、お財布を開けなきゃ知っているはずがないからね」

一ヵ月くらい前から、財布の中の小銭をマコトがちょこちょこ抜き取っていたのを、祖母は知っていた。厳しい父母がお小遣いをくれなくて、マコトは不満に思っていた……そしてお小遣い欲しさから、深く考えずに小銭を盗《と》ってしまったようだ。

たとえ少額であろうと、相手が家族であろうと、もちろん人のものを盗るのは許されない。……だが、祖母はマコトに直接指摘したくなかった。できれば、マコト自身の判断で盗みをやめてほしかったからだ。

それに、小銭を盗んでいたことをもしもマコトの父母が知れば、マコトを厳しく叱って大騒ぎになるに違いない。孫がかわいい身としては、マコトが激しく責められるのは、できるだけ避けたかった。どうすればマコトが自発的にお金を返してくれるだろう。そう考えた末に、祖母は財布の中に蛇の抜け殻を忍ばせることにしたのだ。

「……ふふふ。ちょっと怖がらせてあげるくらいが、ちょうどいいからね」

小銭でずっしり重くなった財布を見ながら、祖母は苦笑していた。

「さて、と」

祖母はゆっくり立ち上がった。マコトを誘って、一緒に散歩にでも行こう。落ち着いたところで二人きりで話せば、マコトのほうから正直に謝ってくれるに違いない。もしもマコトのほうから自分できちんと話してくれたら、ちょっぴりお小遣いをあげようか。

「素直に甘えてくれれば、かわいい孫に小遣いくらいあげるのにねぇ」

――そう考えて、祖母は「うふふ」と笑った。

（作　越智屋ノマ）

ママは名探偵

母親が戸棚を見ると、半分かじられた饅頭《まんじゅう》が皿の上に一つ残されていた。

「十個くらいは残しておいたはずなのに……」

母親は、四人の兄弟を呼んで、問いつめた。

「誰が食べたの？　正直に言いなさい」

すると、長男が言った。

「僕が見たときには一個しかなかったから、僕は半分だけ食べたよ」

すると、長男の白状につられて、
次男が「僕も半分しか食べてないよ」

三男が「ボクだって半分しか食べてないよ」

四男が「ぼくが食べたのも半分だけだよ」と言う。

全員が声をそろえて、「ママ、信じて！」と訴える。

子どもの言うことを疑ってかかることも、母親として、したくはない。
最初に家に帰ってきて戸棚を開けたのは、四男だったという。そのときには、
「ぼくが見たときには、おまんじゅうは、皿の上に八個置いてあった」そうである。
母親は、突然ひらめいた。
——はじめ、饅頭は八個あった。
最初に四男が半分、つまり四個食べた。
そして三男がその半分、つまり二個を、
次に次男がその半分——一個を食べた。
最後に長男が一個の半分を食べたのだろう。
つまり、誰もウソはついていなかった。
母親は、兄弟たちにニッコリ微笑むと言った。
「ママ、犯人がわかっちゃった！
犯人は、この戸棚よ！」

犯人は、
この戸棚よ！
前から、
戸棚の中に置いていた
オヤツがなくなることが
あったでしょ？
この戸棚が
食べていたのよ！

ママからのメッセージ

「ねぇ、パパ。ユイはパパから生まれたの？」

四歳になる娘、ユイの言葉に、私は驚いた。

「なんで、そう思うの？」

「だって、うちにはママがいないでしょ。お友だちは、みんなママがいるよ」

そろそろ、きちんと話をしておかないといけないだろう。

「違うよ。ユイもママから生まれたんだよ」

「じゃあ、ママはどこにいるの？」

「ママは、ユイが生まれてすぐに、天国に行っちゃったんだ。だから、天国からユイのことを見守ってるよ」

ユイは、不思議そうな顔をした。

「なんで、ユイとパパをおいて、天国に行っちゃったの？」

私は、心がしめつけられた。

「……ママはね、みんなより、ちょっとだけ命が短かったんだ」

「ママに会いたい」

ユイは言った。

「ママは、見えないだけで、いつもユイのそばにいるんだよ」

「会いたい！」

私は弱った。

「ごめんな、ユイ……」

私の目に、涙が浮かんだ。

「ママに会いたい!!」

ユイは、そう言って大泣きし、私を困らせた。

――どうすればいいんだ……。ユイにどうやって説明すればいいんだ……。

私には、娘を抱きしめて、いっしょに泣くことしかできなかった。

ユイは、小学校に入学する年齢になった。

私は、会社を休み、入学式に出席した。少し緊張した表情で入場する娘の晴れ姿を見ると、胸が熱くなった。

その日の夜、「入学おめでとう」と言って、ユイに一枚のDVDを手渡した。

「なぁに、これ？」

ユイが、DVDを再生する。すると、そこにはこちらを見つめるユイの知らない女の人が映し出されていた。

《ユイちゃん、ママだよ。やっと会えたね。小学校入学、おめでとう……》

女性はパジャマ姿で、病院のベッドに腰かけている。やさしい笑顔で語りかけているが、顔は青白くやつれ、つらそうな様子である。

「これ、ママなの？　前に見せてもらった写真と違って、やせてててつらそう……」

「病気で入院していたときのだから……。でも、これがママだよ。はじめて声を聞いただろ？　ユイが小学生になったら、これを見せてくれって頼まれていたんだ」

私は、娘に微笑んだ。

《ママは、ユイちゃんの成長をずっと天国から見守っていたよ。寂しいのも我慢して、よくここまでがんばったね。ママはうれしい……》

動画の中の妻が涙をぬぐった。

《これからも、いつもユイちゃんのこと見守っているよ。パパの言うことをしっかり

聞いて、がんばるのよ》

ユイは、小さくうなずいた。

その夜、ユイは、何度もDVDを再生した。母の姿を、その目にしっかり焼き付けようとしているように見えた。

それから二十年近くが経った。ユイは、結婚し、もうすぐ母にもなる。

まもなく出産予定日だというある日の夜、私はユイを家に呼んで動画を見せた。

——母になるユイへのメッセージ。

それが妻が残した最後のメッセージである。

妻の最後のメッセージを見終えたユイが、涙をふき、そして真面目な顔つきになって言った。

「パパ、本当のことを言ってほしいの。ママ、本当は生きているんじゃないの？　理由を聞くつもりはないけど、ママは死んだんじゃなくて、パパとママは離婚したんじゃないの？　だってこの前、パパとママが駅前で仲よく買い物をしているのを見たよ。動画の中のママとは年齢が違うけど、絶対に同じ人だってわかる。だって、笑ったときのクシャってなる表情が同じだったもの」

私は絶句した。うかつだった。ユイに見られていたとは。ユイに何と説明すればわかってもらえるだろう。どう説明しても、わかってもらえる気はしないし、私がしたことをユイが許してくれるとも思えない。

――なぜ、あのとき、私はあんなウソをついてしまったのだろう。

言葉を探して、私が視線を宙にさまよわせていると、ユイが一転、ふざけたような調子で言った。

「なーんて、ウソ。わたし、知ってるよ。あの動画の中の女の人はママじゃなくて、パパが好きな女性なんでしょ。わたし、あの女性――メグミさんに全部聞いたから、もう隠さないで。パパもわたしのことなんて気にせず、幸せになってよ」

無理に明るく努めていたユイの言葉は、最後、涙声になっていた。

私は、ユイに大きなウソをつき続けていた。ユイが言う通り、あの動画の中の女性は、死んだ妻ではなく、私が付き合っていた女性であった。

彼女――メグミとは、妻が死んでから数年後に出会い、交際をはじめた。そしてユイが死んだ妻を恋しがることに悩んだ私は、メグミに頼んで、妻を演じてもらい、ユイへのメッセージを録画したのだ。

メグミとの交際は順調に続き、私も彼女も結婚をしたい気持ちになっていた。しかし、そこには問題もあった。メグミをユイに紹介するということは、「動画の中の母親」がニセモノだと、ユイに明かすことになる。メグミに対して、「ユイがもう少し成長したら真実を告げる。だから、それまで待ってほしい」と言い続けて、今に至ってしまった。私は、ユイに対しても、メグミに対しても、何とひどいことをしてきてしまったのだろう。うなだれた私の顔から、ボロボロと涙がこぼれ落ちる。

ユイが、小さく丸まった私の背中をさすりながら言った。

「パパにとっては、わたしはいつまでも子どもかもしれないけど、わたしはもう大人だよ。もう少しで母親にもなるから、パパの気持ちも、少しはわかるよ。それに、ずっとあの動画の中の女性を母親だと思ってきたから、メグミさんを母親だと思うことに、なんの抵抗もないよ」

それでも泣き続ける私に、ユイが言った。

「昔、『ママが恋しい』って泣くわたしを、パパが泣きながら抱きしめてくれたこと、覚えてる？　今度は、泣くパパをわたしが支えてあげる番だよ。ね、こんなこと言えるなんて、わたし、もう大人でしょ。だから、パパも、メグミさんと幸せになって」

（作　桃戸ハル、沢辺有司）

勇者ペルセウス

息子が、美術書を持ってきて、私に見せた。
「これ、すごくリアルだけど、どんな彫刻なの？」
それは、ギリシア神話をモチーフにした彫刻だった。
「これは、ギリシア神話のペルセウスだな。
手に持っているのは、メデューサの首。
メデューサは知っているか？　見た者を石に変える、
髪の毛がヘビの怪物だよ。ペルセウスは、
そのメデューサの首を落として退治したんだ。
そして、そのメデューサの首で大海獣を石にして、
生《い》け贄《にえ》にされていたアンドロメダ王女を
助けたりもしたんだ。ギリシア神話の英雄さ」
それを聞いた息子は、沈んだ表情で言った。
「なんだ。ペルセウスにも、この彫刻にもがっかりだよ」

私は、息子の言葉の意味がわからなかった。
「話をちゃんと聞いてたか？
ペルセウスは、ギリシア神話の最大の英雄の一人で、
星座にもなっているんだぞ」
息子は、逆に、私をさとすような口調で言った。
「いくら英雄でも、頭が悪くて、
それが理由で死んでるようじゃ
どうしようもないんじゃない？
だって、この彫刻見てよ。
ペルセウス、手に持っている
メデューサをばっちり見てるよ。
だから、こうやって、石になっちゃったんだよね？
僕、この彫刻、リアルですごいと思ったんだけど、
本物のペルセウスが石になっただけなら、
リアルで当たり前だよね。
ペルセウスにも、この彫刻にも、ほんとがっかりだよ」

中間管理職の苦悩

田舎の中学校の教頭という職は、気苦労が絶えない。事なかれ主義の校長は学校運営のなんたるかをわかっていないし、現場の教師は一国一城の主気取りで、身勝手な連中ばかりである。まったく、中間管理職なんていう身分は憂鬱でしかない。

そんなある日、事なかれ主義の校長が言った。

「こんど、新しい数学の先生をお迎えすることになったから、よろしく頼むよ」

「は？」

そんなことは初耳である。校長に対する態度ではなかったかもしれないが、それが私のそのときの素直な感想だった。とは言っても、仕方がない。これも中間管理職のさだめと割りきって、心を無にして働くしかない。

しかし、赴任してきた新任教師というのが、これまた想像を絶する男だった。

東京の大学を卒業したばかりの若者で、都会人らしく洗練された人物かと思いきや、まったくの俗人だった。いや、「賊人」と言ったほうが適当かもしれない。横柄で、思い上がりが激しく、何かとこの町を「田舎、田舎」とバカにする様子が目立つのだ。そんな都会の若者に対して、古い教師の中には不満をもつ者も早い段階で出始めた。そして、中間管理職である私の役目は、そんな教師たちをなだめることである。ああ、胃が痛い……。

バカにされてなるものかと、私は身なりに人一倍の気をつかった。シャツやスーツは新調し、ハンカチや時計などは外国製のいい品を買って持ってみた。しかし、風雅など知らないただのガサツな若者の目にはとまらなかったらしい。新任教師の言動は、ますますもって目にあまり、ほかの教師たちとの溝は深まるばかりだった。

このままではいけないと考えた私は、意を決して、新任教師を釣りに誘うことにした。さすがに一対一では警戒されるかと思い、もう一人、古参の教師も誘って三人で入り江に小さな舟を出す。

日射しの強い日だったので、私は帽子をかぶり直して糸を垂れながら、小舟の反対側で竿を振っていた新任教師に話しかけてみた。

「学校にも、ずいぶん馴染《なじ》んだようですね。生徒たちが君にアダ名をつけて親しげに呼んでいるのを聞きましたよ」

これが不満だったのか、新任教師は仏頂面になり、この日以降は、私と言葉を交わさなくなってしまった。不機嫌そうな背中からは、歩み寄ろうという心づもりがまったく感じられない。私ばかり努力しているのがバカバカしくなってくる。

だったら、必要以上に距離を縮めることもないだろう。そう思おうとすると、見透かしたように校長が、のほほんとした笑みを向けてきて言うのだ。

「うまくやってくださいね」

だったらあなたが矢面に立てばいい、とは当然言えるはずもなく、家に帰って布団の中に叫んでみるのが精いっぱいだった。ああ、ますます胃が痛い……。

若い教師の地方差別はとどまるところを知らないらしく、学校の外でも、ことあるごとに「田舎だ」「田舎者どもが」と偉《えら》ぶっているというから頭が痛い。しかも、私の仕事は、彼のことを考えるだけではない。それ以外にも問題は山積みだ。

その日、私は一軒の喫茶店を訪れた。すると、私に気づいた店員の女性が、にこりと笑って会釈してきた。いつ来ても変わることなく、気立てのいい女性だ。彼女は、我が校にいる一人の教師の婚約者――いや、元婚約者である。

「わけあって結婚の話は白紙になったのですが、あの人、それでも毎日のようにここへ通ってくるんです。私もう、どうしたらいいのか……」

いつだったか、仕事帰りにお茶をしていた私に、彼女はそう告白してうなだれたのだった。

我が校の教師が女性につきまとっているなど、これ以上ない恥だ。若く美しい彼女の身に何かあってもいけないので、私はある提案をした。

「上司である私と交際していると見せかければ、彼も、もうつきまとわなくなるはずですよ」

店員の彼女は持っていた盆を胸に抱き、「でも、先生にご迷惑をおかけするわけには……」と表情を曇らせた。そんな姿も愛らしく、力になってやりたいと思った。

以来、私はこうしてたまに店を訪れ、彼女が元気でいるかを確かめるようにしているのだ。

「いらっしゃい、先生」

「ああ、どうも。変わりはないかい？」

「はい、おかげさまで」

可憐な微笑みに、自然とこちらの頬もゆるむ。下心などはわずかもないが、それでも、彼女と会って言葉を交わす短い時間は、数少ない私の癒《いや》しになっていた。とくに、あの傍若無人な新任教師を抱えるようになってからは。

「先生、大丈夫ですか？　お疲れのようですけど……」

気づかうように言われて、はっとする。「これは失敬」と、私は目深《まぶか》に帽子をかぶり直した。

「中間管理職というのは、気苦労が絶えないものでね。大丈夫。ご心配いただくほどのことではありません。ありがとう」

うら若き女性の前でこんなふうに強がったことがいけなかったのかと、後に私は本気で思案することになる――。

「給料を上げてくれませんか」

その翌日、神妙な面持ちで机にやってきてそう言ったのは、例の喫茶店の店員の元婚約者である男性教師だった。

「教頭先生が評価を高くしてくれれば、査定もよくなって給料が増えるんじゃないんですか。だったら、お願いできませんか」

ヤブから棒な話に、いじっていた時計を取り落としそうになった。

「給料を？　どうしたんです、急に」

「じつは、母が病気で……介護のために、お金が必要なんです。だから……」

「とは言ってもねぇ。私の力ではどうにも――」

できない、と続けようとした私に、男性教師がずいと顔を寄せてきた。言葉をのんだところへ畳みかけるように、ただし、小声で言う。

「人の婚約者に手を出したなんてこと、僕だって言いふらしたくはないんです」

殴られたような衝撃が頭に走る。手を出した？　私が？　濡れ衣もいいところだ！　声を上げそうになったが、ここが昼間の職員室であることを思い出して踏みとどまった。男性教師の顔を見ると、狡猾な笑みがにじんでいる。

小さな田舎町だ。私があの喫茶店に通っているのを知っている者は多いはずで、そこに略奪愛などという噂が流れでもしたら、私は町にいられなくなってしまう。話の真偽など、ここでは問題ではないのだ。

「月に、いくらもらえれば、いいんだ……」

男性教師は満足したふうに、「ありがとうございます」と笑ってみせた。盗人猛々《ぬすっとたけだけ》しいとは、このことである。私は結局その男のために、我が校より給料のよい学校を紹介し、推薦文まで書いてやるハメになったのだった。

男性教師はあっさり転勤し、略奪愛などという根も葉もない噂を流される心配はなくなった。なのに、気持ちが落ち着かないのは、不安要素が一つなくなったところで、あとからあとから湧いて出てくることを知っているからだ。

「教頭、大変です！　橋のところで我が校の生徒が……！」

脂汗を浮かべた美術の教師がそんな報せを運んできて、嫌な予感にめまいがした。美術教師に続いて学校を飛び出し、現場になっているという川原に向かう。なんの現場になっているのかは、たどり着く前から喧噪《けんそう》が聞こえてきていたのでわかった。

我が校の生徒と他校の生徒が乱闘を繰り広げていた。それだけでも頭の痛いことだったが、騒ぎの中に知った大人の顔を見つけて、いっそう痛みが増した。

生徒たちと一緒になって暴れているその男は、あの粗暴で野卑な新任教師だった。

「何をしているんだ！」

もつれあう生徒たちに向かって叫んだのか、新任教師に向かって叫んだのか、自分でもよくわからなかった。しかし幸いにして、私の怒鳴り声が効いたのか、暴れていた生徒たちの温度が急に下がったようで、ちりぢりに走って逃げてゆく。特定の誰かを追いかけて事情を聞くだけの気力が、今はなかった。

「先生方……あなたたちまで一緒になって、何をしているんですか」

生徒たちに紛れて最初はわからなかったが、現場にはもう一人、我が校の教師がいた。新任教師と同じ数学の教師だ。担当科目が同じだから、教育係にいいだろうと思って、新任教師の指導を任せた。暴力事件を一緒に起こせと指示した覚えはない。

「すみません……。偶然、我が校の生徒と他校の生徒がケンカしているところに通りかかったもので、なんとか止めようとしたのですが……」

数学教師がしおれる。仲裁しようとしたものの、力がおよばなかったという主張らしいが、仮にそうだとして、はいそうですかと収めるわけには、さすがにいかない事案だ。世の中には、けじめをつけるという考え方がある。

関係各所に頭を下げてまわる日々が続いた。ケンカ相手になった学校、怪我をした生徒の家々、騒動があった近所の民家……。

結果的に、新任教師は赴任してまだ日が浅く、教師としても未熟であることを考慮して厳重注意にとどまったが、もう一人の古参の数学教師は、そうはいかなかった。気分のいいものではなかったが、彼には戒告を言い渡すしかなかったのだ。

「教頭も大変ですよね。今回のことは、本当にお疲れさまでした」

勤務後に酒を飲みながら、あのときケンカが起きていることを報せに走ってきた美術教師が軽く頭を下げる。ああ、と手でそれに応じて、彼が本当に言いたいことを言えるよう水を向ける。

「それより、相談というのは？」

「ああ、それなんですがね！」

相談があると言うので、こうして勤務後に時間を作ったのだ。どうやら、ずいぶん不満がたまっているようだったので、それを発散させるために連れてきた彼好みの店だが……どうも私は、こういう店はあまり好かない。

「あら、先生方。あまりお酒、進んでないじゃないですか？」

「もっと飲みましょうよー」

若い女性が隣からしなだれかかってくる。美術教師は鼻の下を伸ばしているが、私は肩が凝る思いだ。酒は一人でちびちび飲むに限る。

美術教師の悩みというのは仕事をしていればよくあるやつで、胸にたまったものを吐くだけ吐いたら気がすんだらしい。うまくもない酒代がかさんでもおもしろくないので、同じ話題が二巡目に入ったところで切り上げることにした。部下の悩みに耳を傾けるのも、酒代をもつのも、上司としての務めなのだろうが、しばらくは、ごめんこうむりたいものである。

らちもないことを思いながら美術教師と連れ立って店を出て、夜道を歩く。シャツのボタンを一つはずし、凝り固まった肩を揉みほぐしながら歩いていたとき、背後から「天罰だぁ！」という奇声が聞こえてきた。

美術教師が先に振り返った。と思ったら、何かグシャリという音がして、「うわっ！」と声が上がる。声の主は美術教師だった。見ると、手の平でしきりに顔を拭っている。粗末な街灯の明かりの中、目を凝らしてみると、美術教師の顔には何かどろりとしたものと、白い破片のようなものが、こびりついていた。

なんだ？　と思ったところに、「くらえっ！」と子どもじみた声が聞こえた。直後、お手玉ほどの大きさの白い何かが美術教師めがけて飛んできて、避《よ》けられなかった彼の鼻面に直撃する。唖然としているうちに、私の胸にも同じものが飛んできた。またしてもグシャリと弾けたあと生臭さが漂い、暗がりでシャツに触れてみると、指先にどろりとした感触があった。

これは、まさか。

「た、たまご？」

どうやら暗がりから、誰かが生卵を投げつけてきたらしい。誰が？

「覚悟しろ！」

先ほど聞こえたのと同じ声だ、と思った次の瞬間には、腹に体当たりをくらって地面に押し倒されていた。背中をしたたか打ちつけて息が詰まる。間近に迫る顔には、嫌というほど覚えがあった。

「せ、先生？」

それは、東京から来た新任の若い教師であった。

「教頭！　恥ずかしくないのか！　人柱みたいに、部下を切り捨てやがって！」

粗暴な手で胸ぐらをつかまれ、上半身を揺さぶられる。何を言っているのか最初はわからなかったが、揺れる視界のなか、新任教師の背後にもう一人いるのに気づいて合点がいった。先日、戒告にした数学教師が、おどおどとした表情で立っている。なるほど、人柱というのは彼のことか。まったく、そんな単純な話ではないのだが。

隣では美術教師が、顔面をどろどろにしたまま半ベソをかいている。それを見て、新任教師は目を吊り上げた。

「さんざん人をコケにしておいて、オマケに、自分は女が酒をついでくれるような店に入りびたってデレデレしているとは、何事だ」

「いや、あれは――」

こちらの話を聞く耳は、もっていないのか。問答無用と言わんばかりに、また胸元に卵が叩きつけられた。こんどは、二、三個いっぺんにやられたらしい。ああ、新調したシャツが台無しだ。

「天罰だと思って受け取っておけ、赤シャツ！　これもくれてやる！」

乱暴に胸ぐらをはなされ、再び地面に背中から倒れ込む。最初のように息は詰まらなかったが、砂ぼこりが目に入って痛い。

立ち上がった新任教師が、下駄をガラガラいわせながら去ってゆく。ひどく重たい身を起こすと、近くにヘタな字で「辞表」と書かれた封書がうち捨てられていた。

卵でベタベタになったシャツをつまんで、あの若者が吐き捨てた言葉を思い出す。「赤シャツ」とは、このことか。確かに好んで着ていたが、まさか、私にそんなアダ名がつけられているとは思わなかった。

そういえば、あの新任教師、赴任した初日から横柄な態度をとるばかりで、自分の名前さえ名乗ることもなかった。名字はもちろん聞いたが、下の名はなんといったか。まあ、今さら興味はない。

ヘタな字の辞表を拾い上げ、シャツにこびりついたどろどろを払う。いい歳して、いったい何をしているのだろう、彼は。などと、私が気をもんだところで意味はない。

あんな「坊っちゃん」育ちで偉ぶるばかり、どこに行ったところで、うまくやっていけるはずはないだろうから。

（原案　夏目漱石『坊っちゃん』、翻案　桃戸ハル、橘つばさ）

真犯人は誰だ！

「犯人は……この戸棚よ！」
そう母親が言ったとき、子ども達は、
母親がおかしくなってしまったのかと思った。
兄弟が口をそろえて抗議した。
「ママ、戸棚が食べるわけないじゃない。
それに、本当に僕たちじゃないよ。
僕たちはみんな、一個の半分しか食べてないよ」
子ども達がウソをついていないことは、
その表情からも確実だ。
母親は混乱した――ネコのミーコが戸棚を開けて、
饅頭を食べ、そして、戸棚を閉じることは不可能だ。
一瞬にして鳥肌が立った――この家には、誰かがいる！

おびえる母親の耳に、ミシリミシリという
何者かがゆっくりと廊下を歩く足音が聞こえてきた。
そして、ドアノブがゆっくりと回り、トビラが開く。
——そこに立っていたのは、
髪とヒゲが伸び放題になった、怪しげな男だった。
子ども達が、悲鳴にも近い叫び声を上げる。
「おとうさん！」
そこに立っていたのは、会社を辞めて以来、
自室にひきこもって顔を見せることも
ほとんどなくなった、夫であった。
妻は、冷たい表情で、
冷たいセリフをつぶやいた。
「あら、あなた、いたの？
部屋から出てくるなんて珍しいわね。
コソコソ食べ物を盗んでないで、
たまには、子ども達とゴハンを食べたらどう？」

賢くなるショートショート

第一話「命の選択」

村はずれの小さな家で、腰が曲がるほどの年齢の老夫婦が仲よく暮らしていた。

ある日、二人が住む家の庭に、モヤのようなものが立ちこめ、その中に稲妻が走り、何かが破裂するような爆音が轟《とどろ》いた。

その音に驚いた二人が、あわてて庭に出てみる。しだいにモヤが晴れ、姿を現したのは、片ヒザを地面につき、黒光りする金棒を身体の支えにするように右手に持った、「赤鬼」だった。赤鬼はゆっくりと立ち上がり、迷う様子もなく、縁側にいる二人に近づき——そして金棒を振り下ろした。

驚き固まっていた二人だったが、すんでのところで我に返った。二人が左右に身をそらしたことで、二人の身代わりになるように粉々になったのは、縁側だった。

おじいさんが、泣くような声で、鬼に抗議する。

「い、いきなり何をするんですか！　あんたら鬼族と、ワシら人間は、お互いに干渉しないことに、き、決めたはずじゃないですか！」

さらに、それに補足するように、おばあさんが続けた。

「今まで奪ったものは、もう返さなくていい。それに毎年、決まった量の食料を供える。だから、これからは、強引な略奪も殺生《せっしょう》もしないって……」

「お前たちだ！」

おばあさんの言葉をさえぎったのは、赤鬼の低い声だった。

「お前たちが、最初に約束を破って、俺たち鬼の一族を皆殺しにしたんだ！」

おじいさんとおばあさんには、赤鬼が何を言っているのかわからなかった。

――人間が鬼の一族を皆殺し？　もともと、そんなことができるなら、とっくに鬼を退治しているはずだ。抗議が通用しないなら、泣き落とししかない。おじいさんは、地面に頭をこすりつけんばかりにして、赤鬼に懇願した。

「ワシら、誰に迷惑をかけることもなく、二人で仲よく暮らしてきたんです。もちろん、鬼の皆さんに逆らおうなんて気持ちはありません。来年には、結婚して五十年になります。どうかそれまでは、ワシらを生きながらえさせてもらえないだろうか？」

それを聞いた赤鬼は、腹をかかえて、大きな声で笑い出した。

おそらく、二人の生殺与奪の権を自分が握っていると確信したのだろう。虫けらを見るような目で二人を見下ろし、そして言った。

「来年？　お前たちを来年まで生かすことは、絶対にできない。お前たちには、すぐにあの世に行ってもらう。だが、冥途《めいど》の土産《みやげ》に聞かせてやる」

そう言って、二人の頭上に金棒を構えながら、赤鬼は話をはじめた。

「俺は、鬼族の中でも特別な存在で、時間をさかのぼるという、特殊能力を持っている。もっとも、それは、一時間前にさかのぼるのがせいぜいで、何年も前に行くなんてことは、今までにやったことがなかった。しかし俺は、三年後の未来からやってきた。おそらく、今回、この能力を最大限に使ったことで、俺は死ぬだろう」

鬼の話はまったく先が見えなかったが、「自分は死ぬ」という鬼の言葉を聞いて、二人はほっとする気持ちを持った。それを見すかしたように鬼は怒号をあげる。

「だが、一人では死なん！　お前たちを殺して、俺は鬼一族の皆を守る！」

「だから、何でワシらが死ぬと、鬼の一族を守れるんですか？　この非力な年寄りに、あんたがたを殺せる力なんてあるわけないじゃないですか！」

鬼は少し落ち着いたのか、遠い昔を――いや、「未来からやってきた」と言っているのだから、遠い未来を思い出すようにして続けた。

「俺たちは、人間との約束を守り、鬼ヶ島の中で平和に暮らしていた。あの日、『桃太郎』と名乗る小僧が島に乗り込んでくるまでは。奴――桃太郎は、何の抗議や弁解の時間も与えぬまま、大根を切るように、俺たち鬼族をなで切りにしていった。俺だけは、この特殊能力で、一日前の世界に逃げることができた。でも、翌日、そっと村に戻ってみると、鬼族全員、女たち、子どもたちまで殺されていた……」

――「桃太郎」なんて名前は聞いたことがない。やはり、この赤鬼は、間違えて自分たちを殺そうとしているに違いない。その誤解さえ解ければ……。

「……俺は、鬼族から奪い取った財宝を荷車に積んで持ち帰る桃太郎と動物たちを尾行した。そして、たどり着いたのがこの村、この家だった。俺は、物陰から聞いたんだ。お前の口から！」

赤鬼が金棒で指し示した方向には、おばあさんがいた。

「未来のお前は、財宝を奪い取った桃太郎に言った。『桃太郎や、三年前、アタシが川に洗濯に行ったときに見つけて持ち帰った桃から生まれたお前が、鬼を退治してくれた。あのとき、桃を持ち帰って、本当によかった。桃太郎、お前は自慢の子どもだよ』となー　残念ながら、俺一人の力では、桃太郎を倒すことはできないし、桃太郎を倒したところで、皆が帰ってくるわけではない。だから俺は、能力のすべてを使って、三年前にさかのぼった。そう、それが現在だ！　桃を拾う前のお前たちを殺せば、桃も拾われず、桃太郎が鬼ヶ島に来ることもないからな！」

鬼は老夫婦を殺す道理をきちんと説明したつもりなのだろうが、当の老夫婦には、まるでピンとこなかった。

しかし、鬼が自分たちを本気で殺そうとしていることだけは、ひしひしと伝わってきた。理屈で説得しても、情に訴えても、もうどうにもならないだろう。世の中、無慈悲なことばかりではなく、優しい人もたくさんいる――長く生きてきて、そう感じてきた二人だったが、今思うのは、「やはり、この世は無慈悲だ」ということだ。

もうこれ以上、鬼も猶予を与えてくれることもないだろう。鬼は虫けらを追い払うように、ブンブンと金棒を振り回す。金棒を持った鬼を止めることなど、年老いた二人には、いや、人間には絶対に不可能なことだ。おじいさんは、覚悟を決めた。

「ばあさん、ワシが鬼をひきつける。だから、ばあさんは、鬼が居ぬ間に川に洗濯に行ってくれ！　川に洗濯に行って、鬼が言った通り、大きな桃を拾ってくるんじゃ！　そうすれば、桃太郎が生まれて、鬼を退治してくれるはずじゃ！　ばあさん、鬼の居ぬ間に洗濯に行くんじゃ」

「――と、こんな感じの由来の言葉なんじゃない？　意味は、『命がけの選択』。本当は、『選択』が正しいのに、『洗濯』って間違って使われて、それが広まったんだと思う。っていうか、それ以外に答えってある？　逆に聞くけど？」

ここは、とある中学校の、放課後の教室。国語のテストの点が悪かった三人の男子生徒が、「ことわざ・慣用句の意味を調べて書く」という課題を命じられていた。強面《こわもて》で有名な国語の教師が監督していたのだが、「鬼の霍乱《かくらん》」で、急に体調が悪くなり、生徒を残し保健室で休んでいる。

「お前、とんでもない妄想族だな。今からオレが答えを言うからメモして。洗濯って、労働じゃん。つらいじゃん。鬼にドレイにさせられた人間が、『俺がいない間に、虎皮のパンツを洗っておけよ』って命令されてんだよ。でも動物の皮って、洗濯できないっしょ。だから、『無理なことを言われる』って意味。はい、正解きた」

鬼のクビを取ったように、自信満々に別な男子生徒が言ってのける。

「そんな不毛な議論している間に、スマホで調べちゃおうぜ。どれどれ――『【鬼の居ぬ間に洗濯】怖い人がいない間に、のんびり気晴らしをすること。洗濯は、命の洗濯のこと……だって」

三人は、黙って顔を見合わせ、そのうちの一人が言った。

「これ、今じゃん。このことわざの意味を調べさせてるって、あの鬼教師からオレたちへのメッセージでしょ。『俺がいない間に、のんびり気晴らしをしろ』ってことで間違いないよ！」

三人は、無言でうなずくと、教室を出ていった。翌日、「鬼の目に涙」は浮かばず、むしろ、こっぴどく叱られた三人の目に涙が浮かんだことは言うまでもない。


【来年のことを言うと鬼が笑う】未来のことは予知できない、ということのたとえ。

【渡る世間に鬼はなし】世の中には、無慈悲な人ばかりではなく、親切な人もいるということ。

【鬼に金棒】強い上に、さらに強くなること。

【鬼の霍乱】めったに病気をしない人が病気になること。

【鬼の居ぬ間に洗濯】怖い人がいない間に、のんびり気晴らしをすること。

【鬼の首を取ったよう】大きな手柄を立てたように、得意になっている様子。

【鬼の目にも涙】鬼のようなひどい人でも、ときには情け深くなるときがある、ということ。

第二話「ポニーテールと……」

あの日から、私はいつも、髪型をポニーテールにして学校に行っている。

彼が私に声をかけてくれた、あの日から――。

本当は、ポニーテールではなく、髪をまとめるのに使っている「シュシュ」に意味がある。シュシュを見せるために、ポニーテールにしていると言ってもいいくらいだ。

遠くから眺めていることしかできなかった、大好きな彼。最初は、それだけで満足だった。その彼が、あの日、はじめて私に声をかけてくれた。私を見て、やさしく、あたたかな声で言ってくれたのだ。

「その髪どめ――シュシュって言うんだっけ？　それ、すごく可愛いね」

「可愛い」と言ってくれたのは、あくまで「シュシュ」であって、「私」のことではない。そんなことはわかっている。それに、それ以来、彼が私に声をかけるようになってくれたわけでもない。もちろん、私から彼に話しかけるなんて、絶対にできっこない。

それでも私は、彼が話しかけてくれることを待つようになった。

――ずっとシュシュをつけていれば、また彼が声をかけてくれるかもしれない。

そう思って、私はあの日からずっと、シュシュで髪をまとめている。

ある日、国語の授業のあと、親友のミカが声をかけてきた。

「授業中、後ろからリカのことを見ていたけど、ずっとボーッとしていたでしょ？　また、彼のことを考えていたんじゃない？　片想いが大好きだね」

ミカにだけは、自分の恋心を相談していた。でも、髪型をポニーテールにしている理由までは言っていない。

「どうして告白しないの？　好きなら、気持ちだけでも伝えたら？」

いつも、そう言って私の片想いに焦《じ》れている様子のミカに、シュシュのことを話したら、余計にイライラさせてしまうと思ったからだ。

「……今日の国語の授業、リカは、ボーッとしていて聞いていなかったと思うけど、絶対に聞くべきだったよ。家に帰ったら、ちゃんと復習しなきゃダメだよ」

その日、家に帰って、国語の教科書を開いてみた。そこには、「株を守る」という、故事成語のお話が載っていた。

「昔、ウサギが偶然に木の切り株にぶつかって死んだのを見た農夫が、それ以来、農作業をやめ、ウサギがまたぶつかるのを待つために、切り株の番人になった」という、極端な寓話であった。

「古い習慣にいつまでもしがみついていること・人」を非難した言葉であるらしい。

しかし、解説欄に書かれていた熟語が、私に衝撃を与えた。そこには、「株を守る」は、熟語では「守株」と書き、「しゅしゅ」と読むということが書かれていた。

――私、ウサギが切り株にぶつかるのを待っているの？

次の日、私は、シュシュをするのをやめた。

――ぶつかるのは、ウサギじゃない。待っていないで、私がぶつかっていかなきゃいけないんだ！

【守株】「株を守る」。古い習慣にいつまでもしがみつき、変化できないこと。

（作　桃戸ハル）

愛の逃避行

海鳥が舞う、夕暮れどきの海岸。
若い男女が、肩を寄せ合いながら、
海の向こうの遠い故郷に思いをはせるように、
水平線をながめていた。
女が、今にも消えてしまいそうな小さな声で
男に話しかける。
「私たち、もう生きては帰れないのかしら？」
「そんなことはないよ。
まだ気づかれていない可能性だってある」
「私、怖い……」
「大丈夫だよ。君のことは、
僕が絶対に守るから」

私たち、もう逃げられないのかしら？
大丈夫。まだ気づかれていないかもしれない……

愛し合う二人の願いが
叶うことはなかった。
視線を合わせず、
小声で話していたにもかかわらず、
やはり、怪鳥は気づいていた。
古代の翼竜にも匹敵するような
大きなクチバシを開けて、
正確に男をくわえこむ。
そして、悲鳴を上げる女に
構うことなく、
一息に男を飲み込んだ。

よいお年を

「ほら、これ」

玄関で靴ひもを結ぶ僕に、母が手袋を差し出す。その母の手を見、そっちこそちゃんと手袋をしなよ、と僕は思う。母の手は、ふっくらと白いが、あかぎれも目立ち、さながらヒビの入った鏡餅のようだ。

「いいって」

僕はしかし、そっけなく言って、立ち上がる。

「雪も降るっていうし」

手袋を押しつけられ、こちらも意固地になる。

「いいって言ってんじゃん」

「いいから、して行きなさい」

「いいって、マジで！　こんな毛玉だらけなの」

僕は半ばキレ気味に言い、ドアノブに手をかけた。

「マサオ……あんたまさか！」

母が驚いたような声を出す。僕は言い訳をするように言う。

「いや、べつに……」

「デートじゃないから」という言葉は飲み込んだ。

「あんたまさか……ついに反抗期がきたの!?」

——はぁ〜。

僕はため息をつき、「行ってきます」も言わずに玄関を出た。

両手を上着のポケットに突っ込み、僕は彼女——単なる三人称の意味のほうの彼女である、現時点では——との待ち合わせ場所へと急いだ。

母にはいまだに子ども扱いされているが、僕は今年で二十五歳にもなる、いい大人だ。いや、昨日までの僕はたしかに、大人の男とは言えなかったかもしれない。けれど、今日から僕は、いや、俺は、俺の人生は、ガラリと変わる！　変えてみせる！　変えなくちゃいけない！

「ひさしぶり。ごめん、待たせちゃった？」

「うん、ごっ、ごびっ、ごぼっ、五秒っ、ぐらい……」

寒さのせいか緊張のせいか、僕はカッチカチに固まっていて、ここに着いてからの五十分間、ひたすら練習し続けていたシノちゃんを笑わせるためのジョークを、噛んでしまった。

「そっか。ありがとう」

シノちゃんは、くすりともせずに言った。僕は、初《しょ》っ端《ぱな》から滑《すべ》ったというショックで、次の言葉を見失う。

「マーくん、どうしたの？　行こっか」

シノちゃんに言われ、僕はあわてて歩きだす。だいじょぶ、だいじょぶ、と自分に言い聞かせて。さっきの失敗は、むしろ前振り。この後、とっておきのジョークがあるんだから。

シノちゃんはやはり、元気がなかった。そりゃそうである。彼女は長年、僕の友人でもあるケンジと付き合っているのだが、そのケンジが最近、妙によそよそしいのだという。浮気でもしているのではと疑いの気持ちが生じたそうなのだが、本人には訊けず、僕なら事情を知っているのではないかと連絡をしてきたというわけだ。

でも実際は、僕のほうこそ、ここ数年、ケンジとは疎遠になっていた。だから、ケンジのことはわからない。けれど、シノちゃんから初めに電話がかかってきた時、僕は彼女を安心させたい一心で、こう言った。

「あいつは、浮気とかする奴じゃないよ。十六歳の頃からシノちゃん一筋だった」

僕ほどではないけどさ、と言いたい気持ちを、ぐっと堪えて。

「……あでぃがとう、マーぐん」

電話口で、シノちゃんは泣いていた。

「あ、あのさ……、近いうちに、お、おさ、お茶でも、ど、ど、どうかな？　相談、乗るから。ぼ、ぼ、ぼれでよければ！」

「ぼれ？」

僕のおかしな言い間違いに、シノちゃんがくすりと笑った。耳がこそばゆくて、僕は思わず、ケンジが本当に浮気してくれてたらいいのに、と願ってしまった。

僕はこうして、「ぼく」から「おれ」への階段を、ひそかに上りはじめたのだ。

「じゃあ、ぼれは、カフェボレで」

カフェで飲み物を注文する際、僕はこの日のために温めてきたジョークをかました。今度は噛まずに言えた。ごくりと唾を飲み、シノちゃんの反応を待つ。

ややあって、シノちゃんが笑った。やっと笑った。笑ってくれた。僕はほっとする。さらにシノちゃんは、照れた顔で店員に言った。

「じゃあ、ばたしも、カフェボレで」

そして、顔を真っ赤にして、さらに笑ったのだった。

僕も一緒になって笑いながら、自分の顔もまた真っ赤になっていくのが、鏡を見なくてもよくわかった。いや、顔だけではなかっただろう。デートだよな、これ？　デートだよ、デート！　手ぇつなげんじゃないの、今日中には！　手袋なんてしてこなくてマジよかったー!!

脳内のぼれどもが騒ぎ立て、全身が熱くなった。

それから僕たちは、色んな話をした。高校時代の先生や同級生のこと、お互いの今の仕事や趣味のこと、今日は寒いね、ほんと寒いね、雪降るかな、降るかもね、とかそんなこと。

でも結局、今日の議題だったはずの、ケンジの話だけはしなかった。僕はできれば、シノちゃんがあいつと付き合っていることを忘れていたかったし、シノちゃんのほうも、ケンジのことなんていっそ忘れてしまおうと思っていたのかもしれない。

でも途中、シノちゃんはトイレに立ち、十五分くらい戻らなかった。心配になって電話をしたけれど、通話中でつながらなかった。

「ごめんね」

それだけ言って席についたシノちゃんは、妙に明るい顔をしていた。

きっと便秘だったのだろう、それが一気に出てスッキリしたのだろう。ケンジから電話があって、浮気の疑いが晴れたとかではなく。そういうことでは、断じてない……はずだ。僕は自分にそう言い聞かせ、シノちゃんとのデートの続きを楽しむことにした。

「今日は楽しかった」

駅へ向かう道すがら、シノちゃんはそう言って微笑んだ。

「うん。俺も」

今度は、はっきりとそう言い、僕は思いきって距離を詰めようとした。

「ぼれじゃなくて？」

しかし、すかさずシノちゃんにツッコまれ、あわてて元のポジションに戻る。

「あ、うん、ぼれも！」

シノちゃんが笑う。まぁいいや、と僕も笑う。

この笑顔を見続けることができるなら、僕は一生、「ぼく」と「おれ」のあいだの、この微妙なポジションに留まったっていい。そう思ったのだ。


「――線の内側まで下がってお待ちください」

シノちゃんが乗る予定の電車が、ホームに入ってくる。

「じゃあ……またね」

シノちゃんは、胸の前で小さく手を振る。

「うん……また」

僕の言葉に、シノちゃんはどこか名残惜しそうにうなずきつつ、到着した電車に乗り込む。

ふいに、ケンジの顔が脳裏をよぎった。ここで黙って見送ったら、シノちゃんはまたあいつのところへ戻ってしまうのではないか。僕はたまらず叫んだ。

「また！」

シノちゃんがビクリと見る。僕は半歩、シノちゃんに近づく。

「また……二人きりで、会えるかな？」

シノちゃんは瞬きを繰り返すだけで、何も答えない。

「お下がりくださーい」

駅員に注意され、僕は我に返る。やばい、踏み込みすぎた。

「あ、いや、あの、変な意味じゃなくて。その……いつでも相談とか乗るからってい
う……俺、いや、ぼれでよければ！」

シノちゃんがうれしそうに微笑む。瞬間、電車のドアが閉まった。発車間際、はぁ
〜っと、シノちゃんは窓に息を吹きかけた。それから、白く曇ったガラスに、指で文
字を書いた。

『よいお年を』

僕から見ると鏡文字になっていて読みにくかったけれど、シノちゃんはたしかにそ
う書いたのだ。

「おかえり」

帰宅すると、母がちょうど玄関にいた。僕はただいまも言わずにしゃがみ込み、靴

ひもを解く。が、手がかじかんでいるせいか、うまくいかない。

僕のそんな様子をしばし見た後、母は、さてと、と言い、棚の上に飾られていたものを持って居間へ引っ込んだ。

手を洗い、うがいをし、居間を通って自室へ行こうとする僕に、母がまた声をかけてきた。

「あんたやる？」

その手には木槌が握られている。

「いい」

僕はそっけなく答えた。

「そ、じゃあ母ちゃんが」

母はそう言い、木槌を振り下ろす。何かの仇《かたき》をとるみたいに、思いっきり。何度も何度も。カッチカチに固まった鏡餅が、ものの見事に、粉々に砕ける。

「――これは、自分の心だ」

そう思って僕は、ため息をついた。

今日は一月十一日、鏡開きの日だ。とっくに年は明けている。

よいお年を、と指で書いたシノちゃんは、少なくとも、もう今年は僕に会うつもりはないのだろう。僕は次、いつ彼女に会えるのだろうか。

（作　林田麻美）

ＡＩ大統領

とある国で、大統領辞任を求めるデモが行われた。

経済不況、外交問題など、
山積する問題に、有効な政策を打てないことに、
国民が業を煮やしたのである。

しかも、大統領は、体調不良を理由に、
公務を休むことがたびたびあった。

国民が次期大統領に切望したのは、驚くべきことに、

「ＡＩ大統領」であった。

「スーパーコンピュータに接続したＡＩ大統領のほうが、はるかによい判断をくだせるに違いない！」

それに対しては、政府は反論の声明を出した。

「大統領の職務は、どんなに性能がよくても、ＡＩに務まるはずがない！」

政府高官は、吐き捨てるような口調で言った。

「大統領の職務は、AIなんかに務まるはずなかったんだ……」

大統領の執務室。彼の目の前には、主電源を切られ、首をうなだれたままのAI大統領が座っていた。

二年前、本物の大統領が心臓の病気で急死した。しかし、当時、内政的にも、外交的にも、政治的空白を作ることができなかった。そのため、急遽《きゅうきょ》、まだ開発途中だった「AI搭載ヒト型ロボット」に、大統領の姿に似せた人工皮膚をかぶせ、始動させたのである。国民は、大統領がすでにAI化されていることを、まだ知らない。

「何がAI大統領だよ……」

政府高官の言葉が、過去の自分たちの判断にだったのか、国民に向けてだったのか、彼自身にもわからなかった。

自伝

私が有名になったきっかけは、人気ドラマで主人公の上司役を演じたことだった。その直後に、お菓子と歯磨き粉のＣＭ出演が決まった。

私の顔と名前は、そうして少しずつお茶の間に浸透していった。出版社から自伝の執筆を依頼されたのは、その頃のことだった。

私はその依頼を引き受けた。「自分のことをもっと知ってもらいたい」という思いもたしかにあった。しかし、それだけではない。そこには、今私が俳優でいる理由が関わっていた。

かつては私も、ただの夢見がちな若者の一人にすぎなかった。俳優に憧れて東京に出てきたものの、なかなか芽が出ず、くすぶり続ける日々が長く続いた。

「自分には才能がないのではないか」と不安になり、夢をあきらめかけてもいた。そんな私の運命を変えたのが、憧れの俳優である柏崎健太郎《かしわざきけんたろう》氏の自伝だった。

数々の名作に出演した売れっ子でありながら、人気絶頂の時期に突如、芸能界を引退した伝説のスター。その自由で個性的な生き方に、私はずっと強く影響を受けた。

売れる前も、こうして売れてからも、私はずっと思っていた。いつか柏崎さんのように自伝を書くことで、かつての自分のような若者たちを励ましたいと。なにせ、売れるまでに二十年かかったのだ。苦労話など、読者に伝えたいエピソードには事欠かない。書き始めれば、あっという間に書き終わると思っていた。

読者につまらないものは読ませられない。おもしろくて、ためになって、それでいて感動的。そういう自伝を、責任をもって書かなければならない。

しかし、いざ書き始めてみると、そう簡単なことではなかった。初めの一行を何度も書いては消した。数行書き進めて、「なんてへたくそな文章だ」と落ち込んだ。ようやく一枚書きあげると、今度はそのくだらない内容にうんざりした。くだらないのが自分の人生そのもののように思えて、その一枚をくしゃくしゃに丸めてゴミ箱に捨てる。自伝のことが気になって、俳優の仕事にも身が入らない。

「自伝なんて本業とは関係ないんだ。本業である俳優の仕事に悪影響が出るくらいなら、いっそ自伝の執筆なんてやめてしまったほうがいい」

そうも思ったが、その弱気な決断が、なんとなく自分らしくない気がして、やめられなかった。やがて半年が過ぎ、締め切りの一週間前となった。

気分転換にと思い、家を出て、海沿いにある、客のまばらな喫茶店に入った。その片隅に座って、原稿用紙を広げた。原稿用紙の一行目に『自分らしく自由に生きろ』というタイトルを書く。二行目には『俳優　杉田要《すぎたかなめ》』。書けたのは、その二行だけ。

私は後悔していた。やはり自伝の執筆なんて、引き受けるんじゃなかった。この日、何百回目かのため息をつき、頭を抱えて海を見つめた、その時だった。

「杉田さんですよね？」

突然、背後から声をかけられた。振り向くと、見知らぬ男が立っている。頭髪が薄い小柄な男。

最近は変わったファンも多いから、警戒は解かず、しかし笑顔で私は応じた。

「どちらさまですか？」

「私、こういうものです」

男が名刺を差し出した。男の名前は室井守《むろいまもる》。ライターという肩書が書かれている。

「ライター……どういうご用でしょう？」

「はい、実は私、ゴーストライター、すなわち本人に替わって文章を書く仕事をしています。杉田さんは自伝を書こうとしていますよね？」

「なぜそう思うのです?」

「『自分らしく自由に生きろ』というタイトルを見て、ピンと来たのです。その言葉、柏崎さんの自伝からの引用ですよね?」

図星だったが、私は黙っていた。

すると室井は続けた。

「警戒なさるのも無理はありません。ただ、私はこれまで、様々な方のゴーストライターを務めてきました。あなたのようなタイプの方の力になれると思います」

「私のようなタイプ?」

「ええ、杉田さんはファンに対しての責任感が強い。それゆえ、下手なものは読ませられないと、思い悩むタイプだとお見受けしましたが?」

またも図星だった。かなり鋭い分析能力を持っているらしい。だが私は、まだこの男を信用することにためらいを覚えていた。そのためらいの内容を、室井はすらすらと言葉に変えた。

「あなたは二つのことで迷っていらっしゃる。一つ目は、私に執筆を任せるだけの能力があるのかどうか。二つ目は、他人に書かせた自伝を、本当に自伝と呼べるのかどうか……」

これも当たり。私は尋ねた。

「なぜそこまで、私の心がわかるのです？」

「それは私が、本人になりかわって文章を書く、プロのゴーストライターだからです。私なら、あなたの二つの迷いを、払拭できます。これをご覧ください」

室井が、古びた手書きの原稿を差し出した。

その原稿を数ページ読んだだけで、私はすぐに、室井に自伝の執筆を依頼した。

なぜなら、その手書きの原稿は、私が俳優を続ける動機となった、柏崎健太郎の自伝の原稿だったからである。

その日から何度か、私は海沿いの喫茶店で室井の取材に応じ、自分の人生を語った。室井の細かすぎる質問にも、私は正確に、そして正直に答えた。

そして締切の前日、ついに原稿が仕上がってきた。

それを読んで私は愕然とした。

「室井さん、これ、どういうことですか？」

「何がです？」

「お話しした内容とぜんぜん違うじゃないですか⁉　たしかに幼いころから演技が好きだったとは言いました。でもそれはあくまで、おままごとのレベルでの話です」

「はぁ」

「小学校の入学前に台本を書き、その芝居を友だちと二人で演じて、近所の子どもたちに見せていたなんて、嘘だ。なんで、こんな嘘を書いたんです？」

『演技は、虚構を通して真実を語ることである』。ご存じですよね、この言葉？」

「知ってます。柏崎さんの自伝に書いてありました……でも、だからと言って……」

「いいですか、杉田さん。あなたはプロの俳優です。あなたから生まれるものは、すべて演技であり、真実を語るものです。自伝の中のあなたも、演技をしているあなたであり、それもまた真実なのですよ。それに、柏崎さんの言葉だって、彼が言ったものではありませんよ」

正直、知りたくもない情報だった。

しかし、次の一言で決心した。

「大丈夫、幼い頃に台本を書き演技を見せたということが虚構だったとしても、それを嘘だと言い切れるほど記憶のたしかな人なんていませんよ」

結局、私は室井の書いた原稿を一文字も直さず、それを自伝として出版した。自伝は大好評を博した。出版不況と言われ、十万部売れればベストセラーと言われるこの時代に、百万部の大ヒットとなった。私はこの一冊で、不動の人気を手に入れた。

自伝がそのまま映画化され、私が自ら主役を演じた。その他にドラマの主役や、海外映画からの出演オファーが立て続けに届くようになった。出版社は言った。

「杉田さん、続編を出しましょう！」

「続編？　発売してまだ半年なのに？」

「もちろんです。前回は、人気ドラマに出て有名になるまでのお話でしたよね。今回はそこから先、現在までを書いてください」

「前回の自伝からまだ日も経っていないのに、そんなことを言われても……」

しかし私は断らなかった。頭には、室井のことが浮かんでいたからだ。

――「あいつなら、なんとかしてくれるかもしれない」とそう思ったのだ。

予想通り、室井は私からの執筆依頼を引き受け、さっそく取材が始まった。

人気ドラマに出演して以降で私が語れるエピソードと言えば、前作の自伝のヒットのことと、自伝を映画化したことくらいだった。取材は一回で終了した。

それでも室井は、「これで十分」と言い切った。

一週間後、また原稿が上がってきた。読み終えた私は深いため息をついて言った。

「室井さん、これはさすがに、ないんじゃないだろうか……」

「何か、問題でも？」

「たとえば、ここ。私に隠し子がいて、その隠し子が私に会いに来たって……」

「いいじゃないですか、ドラマティックで」

「しかもその隠し子が、歌手のサイトウコウタだなんて……。向こうから訴えられますよ」

「心配ありません。彼の了解は、すでにとりつけてありますから」

「え？　なんで彼は、了承したの？」

「もうすぐ、これが出版されるからです」

室井は原稿の束を手渡した。それはサイトウコウタの自伝の原稿だった。何枚目かにフセンがつけられており、そこを開くと、「杉田要がサイトウコウタの父親だ」と書かれていた。

「まさか、この本は……」

「ええ、私が書いたものです」

かくして続編は出版された。前作がサクセスストーリーならば、今回は、感動作。読者からは、「感動した、ありがとう」という手紙が続々と届いた。

二冊目の自伝もまた、私の名声をぐんと押し上げた。私はいまや国民的なスターで、「総理大臣になってほしい有名人」というアンケートでも、堂々の一位に輝くほどだ。

二冊目の自伝の部数は、前作をはるかにしのぐ三百万部。

空前の売り上げに、出版社は喜び、言った。

「杉田さん、いや杉田先生、これはもう、最新作の自伝を書くしかありません」

「何言ってんの⁉　もうネタがないでしょ。自伝が今の自分に追いついちゃってるんだから」

「そこをなんとかなりませんか？」

むちゃくちゃなオファーだが、それでもなんとかなるかもしれない。さっそく室井を喫茶店に呼び出し、ことのあらましを説明した。

ところが、今回は室井はなかなか首を縦に振らなかった。理由を問いただすと、室井は言った。

「一冊目があなたの過去、二冊目があなたの現在について書いたものです。過去ならば、塗り替えればいい。現在も、周辺とのちょっとしたつじつま合わせでなんとかなりました。でも今回は違う。いわば完全なる未来を書くことになる。それを書いたら杉田さん、あなたはその自伝に、自らの人生をしたがわせることになります。私は、書き始めたらぜったいに妥協をしない。どんな自伝になっても、あなたにはしたがってもらいますよ。それでもよいのですか？」

「俺はプロの俳優だ。あんたが書いた自伝を、そっくりそのまま演じてみせるよ」

本当は、迷っていた。サイトウコウタにしろ、柏崎さんにしろ、彼らの自伝は室井が書いたものだ。他の有名人の自伝も、おそらくは他の誰かが書いたものだろう。もしかしたら、この世にいる有名人はみな、誰かの書いた台本にそって生きているのかもしれない。だが本当にそれでよいのだろうか？　それが、私の夢だったのだろうか？

しかし、その迷いを、私は隠した。自分の考えに確信が持てなかったからだ。室井は、執筆を引き受けた。今回はもう、私に対して一度も取材がなかった。

一週間後、原稿が上がってきた。

室井は、心なしか痩せたように見えた。しかし、その目はぎらぎらと輝いていた。

「私の魂のすべてを込めました。これは、私の最高傑作です」

自分の話であるはずのその自伝を、私は夢中になって読み進めた。だが途中まで読んで、自分の自伝であることを思い出し、はっと我にかえった。

「こんなことが、本当に起きるのか？」

「はい、間違いありません」

「だってこんなことが起きたら、大問題じゃないか」

「大丈夫です、これをご覧ください」

室井が、もう一つ原稿の束を取り出した。

それは、とある政治家による自伝だった。汚職を重ねる日本の政治家たち、そしてぬるま湯に浸りきった日本に警鐘を鳴らすため、その政治家が「クーデタを起こそうと自衛隊を率いて蜂起した」と書かれていた。室井は言った。

「お察しのとおり、その自伝も、私が書き下ろしたものです。あなたの自伝と同じ時期に発売されますから、私の中では、その二冊は姉妹作品ということになります」

「しかし、こんなこと、本当に可能だろうか？」

「何が疑問なんですか？」

「だって、政治家がクーデタっていうのはリアリティがあるけれど、私は一介の俳優だよ。その私が、こんな……」

「おっしゃいましたよね？　私が書いた自伝をそのまま演じてみせると」

「そうは言ったが、これはさすがに無理だろう」

「そうですか……では、この原稿はお渡しできません。ついでに言えば、その政治家の自伝の原稿も、お蔵入りにしなければなりません。残念です。彼にクーデタを起こさせるのも、すべてはあなたの行動を引き立てるための演出にすぎなかったのに……そしてあなたは、俳優の枠を超えた、永遠のヒーローになるはずだったのに」

「しかし……」

「いいですか、あなたというキャラクターは、私の理想なんです」

「そりゃそうだろうよ。あなたが理想を書いているんだから……」

私は自分の自伝の原稿を読み進めた。最終ページには、こう書かれていた。

『私は武器を持たず、クーデタの首謀者の元を訪れた。護衛のSPたちが向ける銃を恐れることもなく、私は彼を説得した。その説得に、彼は涙を流し応じた。そして全隊員に、その場で解散を命じた。だが、その命令に不満を持つ隊員もいた。その隊員の銃弾に、首謀者は倒れた。そして、彼をかばった私も、銃弾を受けた。私はこれを病院で書いている。まもなく、私はみなさんの目の前から消えるでしょう。しかし国民の皆さん、人間には、命に代えても守らなければならないものがあるのです……』

私は目を閉じた。誰にも——室井にも、私自身が考えるのを、邪魔されたくなかった。しばらくの沈黙の後で、私は目を開け、室井をまっすぐに見つめて言った。

「あなたの才能には本当に感心している。しかし、この本の通りにはいかないよ」

「どういう意味ですか？」

「私は、あなたが書いた柏崎さんの自伝に感動した。その中でも、最も感動した一文がある。どれだと思う？」

「………」

「一冊目のタイトルにした、あの一文だよ」

「『自分らしく自由に生きろ』ですか？」

「そうだ。三冊目の私の自伝の原稿は、たしかに素晴らしい。だが、私は、この自伝のように生きるつもりはない。俳優も引退するつもりだ。私はこれから、私らしく生きることにするよ」

室井は黙っていた。私は静かに立ち上がり、いつもの喫茶店を出た。

その後、私は俳優を引退し、数年後には日本を離れた。彼が本当にそうしたかどうかは定かではないが、自伝の中の柏崎さんのように、財産をすべて福祉団体に寄付し、海外で、貧しい人々のために働き続けた。それが、私らしい生き方だと信じていた。

そうやって、三年が過ぎたある日、私はインターネットで調べ物をして、私の自伝が発売されていることを発見した。

私は急いでその自伝を取り寄せ、読み進めた。そして驚愕した。そこには、彼と喫茶店で別れて以降の私の行動が、すべて書き込まれていたのである。俳優の仕事、それまでの成功と栄誉をすべて捨てて、外国に旅立ったことも書かれている。

室井はどうやってこれを書いたのか。私は誰にも知らせずに日本を出国し、行き先も誰にも言っていない。私が外国の未開の村に逗留していたことも書かれている。そこでは外国人がうろうろしていたら、すぐに周囲に知られてしまう。スパイを送って調べたわけでもないだろう。

そして驚くことに、この自伝は、三年前、私が日本を去った直後に出版されていた。つまり室井の書いた自伝は、私の将来を完全に予言していたのである。

私はわけが分からなくなった。はたして私は、自分の意志で自分の人生を歩んでいるのだろうか。それとも、室井の意図に逆らったつもりが、実は室井のシナリオ通りに進んだだけだったのだろうか。

いくら考えても答えは出なかった。そこでとりあえず、日本に帰国する準備を始めた。なぜなら、自伝にそう書かれていたからである。

（作　桃戸ハル、吉田順）

かけ算

二人の若手社員に
プロジェクトを任せた結果、
その二人がケンカばかりして、
プロジェクトは一向に進まなかった。
業を煮やした上司が、
二人を呼びつけて言った。
「なぜ協力して進めないんだ！
キミたちの能力の高さは、
私がいちばん知っている。
キミたち二人が協力して進めれば、
『たし算』ではなく、
『かけ算』にもなるだろう！」

力を合わせれば、
たし算ではなく、
かけ算になるだろう

「部長、お言葉を返すようですが！」
一人の若手社員が言った。
「僕ら一人は、1人力です。
たし算なら、1＋1で『2』ですが、
かけ算、つまり1×1は『1』です。
それなら、私一人でやっても、
同じってことですよね？
かけ算して『2』以上になるのは、
一人が1・5人力以上のときです。
それなら、1・5倍給料が欲しいもんですよ」
もう一人の若手社員が食ってかかった。
「お前が1人力だって？
お前、何も仕事してないじゃないか。
0人力だろ？
部長、0に何をかけたって
0なんですよ」

若返り

僕の姉さんの夫、甲介《こうすけ》さんは、有名な科学者だ。甲介さんは今までになかった薬品を数多く発明し、いくつもの賞に輝いた、まさに天才科学者といえる人だ。

今日は甲介さんの誕生日で、このあと家族全員が僕の家に集まって、お祝いをすることになっている。そういう訳で、僕は甲介さんを迎えに、研究所まで行くことになった。

僕が研究所の玄関に着くと、ぼさぼさの髪に、よれよれの白衣を着た甲介さんが出てきた。彼の風貌は、マンガに出てくる博士そのものだ。

「久しぶりだね、洋太《ようた》君。悪いんだが、今立て込んでいてな。研究所の中で少し待っていてくれないか？」

僕は甲介さんにそう言われて、研究所の中に入った。そして、白く冷たい雰囲気の廊下をしばらく歩くと、大きな扉につきあたった。甲介さんが扉を開けると、目の前には見たことのない機械や、色とりどりの薬品が並んでいる。あまり科学になじみがない僕が見ても、すごい設備だとわかる。初めて目にする光景に、僕は夢中になってあたりを見回した。

そして僕はそのまま、部屋の隅にあるソファに座った。僕が興味津々に部屋中を見ていると、甲介さんが目の前のテーブルにコップを置いた。

「よかったら、これでも飲んでいてくれ」

「はあ」

甲介さんが置いてくれたコップも見ずに、僕の意識は天井に張りめぐらされた、たくさんの配線に集中している。ああ、お礼を言わなきゃと思ったのは、甲介さんが部屋から出て行ったあとだ。

一人、部屋に残った僕は、目の前のテーブルに視線を落とす。テーブルには、グラスに入ったジュースと、濁ったような黒色の液体の入ったコップが置かれている。後者は明らかに薬品だ。薬品とジュースを並べるなんて危ないなと思いながら、僕はジュースを飲み干した。

薬品といえば、甲介さんは三ヵ月ほど前に、こんなことを言っていた。

「私は今、『若い頃の能力を手に入れる薬』の開発に力を入れているんだ。これが完成したあかつきには、人類の歴史が大いに変わるぞ」

僕はまだ小学二年生だから、むずかしい科学のことはよくわからない。それに、若い頃の能力が手に入るっていうのも、八歳の僕からしたら、あまりピンとこなかった。だけど、甲介さんが、その薬の開発にとても力を入れていることは、よくわかった。

そんなことを思っていると、甲介さんが研究室に戻ってきた。一緒に、白衣を着た真面目そうなお兄さんも部屋に入って来る。

「助手の三井《みつい》君だ」

甲介さんはそう言って、お兄さんのことを紹介してくれた。

「はじめまして」と三井さんが丁寧におじぎをするので、僕もつられて深くおじぎをした。

「悪いがもう少しだけ、待っていてくれ。すぐに話は済むから」

甲介さんが僕にそう言うと、三井さんがむっとしたように、甲介さんをにらんだ。

「『すぐに話は済む』って、そんな簡単に済む話ではありませんよ！」

三井さんの声に負けないようにか、甲介さんも大きな声で言い返す。

「簡単な話だろう！　私が発明した薬を、私が飲む。それの何がいけない！」

「人間が服用するには、まだ早すぎるんです！　もっと前段階で試験を重ねないと！」

「そういう君の慎重さが科学の進歩を滞らせるんだ！　試験はもう十分！　私はすぐにでも若い頃の能力を取り戻す！　この薬を飲んでな！」

甲介さんが顔を真っ赤にして、テーブルを力強く指差した。そうか、この黒い液体が、甲介さんの言っていた『若い頃の能力を手に入れる薬』だったのか。危ないところだった。小学生の僕が飲んでしまったら、赤ちゃんに戻っちゃうかもしれなかった。

甲介さんは、両手を大きく振り回しながら三井さんに怒鳴る。

「いいか？　年齢を重ねるとともに、私のすべてが衰えていっている。頭脳も体力も、若い頃の私に戻りたいんだ！」

「だからと言って、焦って危険を冒さなくても！」

「危険だと!?　君は私の発明品が失敗だと思っているのか!?」

「そうは言っていません。しかし、まだ改良の余地はあるはずです」

「いいや！　これ以上は改良できない！」

甲介さんが勢いよくテーブルに向かおうとするのを、三井さんが急いで通せんぼするように止めた。

「止めるな！　一日も経てば薬の効能は切れるんだぞ!?　何の心配があるんだ！」

「問題は『効能時間』ではなく『副作用』です！　もし、若返るのが頭脳や体力だけでなかったら、どうするんですか！」

「頭脳や体力以外に、何が若返ると言うんだ！」

怒鳴り合う大人たちを見るのはとても怖い。僕はおろおろして、目に涙が浮かんで来る。そして、思わず立ち上がって、二人に言った。

「ねえ！　ケンカはやめてよ！　ケンカはいけませんってママも言ってたよ！」

「「え？」」

甲介さんと三井さんが同時に声をあげて、驚いた顔で僕を見た。

「もしかして……」

甲介さんが焦ってテーブルに駆け寄って、ジュースが入っていたグラスを手に取った。

「まさか、洋太君……薬を飲んだのか？」

甲介さんが顔を真っ青にして言う。

「薬？　僕が飲んだのはジュースだよ！　こっちが薬でしょ！」

僕は黒い液体を指差す。

「馬鹿者！　黒いほうは、私が考案した健康ジュースだ！　君が飲んだほうが薬品だ！」

「ええ、どうしよう⁉　僕は赤ちゃんに戻っちゃうの⁉」

甲介さんが額に汗を浮かべながら、僕の両肩をつかんだ。

「……おい、自分のことについて話してみろ！」

僕は顔をこわばらせて、答える。

「えっと……はせがわようた、八歳、小学二年生……」

「違う！　君は、長谷川洋太、五十九歳、会社社長だ！　なんてことだ……。しっかりしろ！」

三井さんが自分の髪を両手でくしゃくしゃにしながら、甲介さんに叫んだ。

「やっぱり副作用があるじゃないですか！　記憶まで若返ってる！」


（作　固布健生）

人として

とある会社の営業部——。
部長が、二人の若手社員をデスクに呼んで、
あきれたような声で言った。
「またケンカしたそうじゃないか。君たち二人、
それぞれは優秀なのに、なんで衝突ばかりしてるんだ？
競争心が強すぎて、相乗効果も生まれてないだろ。
お互い協力しあえば、
もっと大きな仕事ができるんじゃないのかね？」
しかし、二人とも、ふてくされたように黙っている。
「『人』という漢字を見たまえ。
二本の棒が支え合っているだろう。
君たち二人、お互い支え合わない限り、
君たちは、一人前のビジネスマンとは言えんぞ」

部長の言葉を聞いた若手社員のうち、
背の低いほうの社員が言った。
「部長！『人』という漢字は、
支え合ってなんかいませんよ。
一方の棒が、一方の棒にもたれてますよ！
でも、さすが部長はわかってらっしゃる。
『人』という漢字の長いほうの棒がコイツ、
短いほうの棒が私ということですよね？
短い棒が、長い棒を支える。嫌な宿命ですね」
それを聞いた長身の社員が、
負けじと言い返す。
「字画の棒の長さが身長なんて、誰が決めた。
これは営業成績の棒グラフの長さだろ。
グラフが短い奴は、
後方支援だけしてればいい！」
部長は、ため息を吐き、そっと席を立った。

最後の弁当

今日も俺は、マママートと印字された箸袋《はしぶくろ》からまっさらな割り箸を取り出し、パキッと割る。そして、湯気をあげる白い麺と茶色いソースを混ぜ合わせる。紙吹雪みたいなキャベツが見え隠れする。「申し訳程度」とはこのことだ。まぁいい。野菜なんか、俺にはどうでもいい。

「いっただっきまーす！」

背徳感とか、罪悪感とか、そういうスパイスが効いてるせいもあるんだろう、カップ焼きそばは今日もうまい。

「ええなぁ、豊《ゆたか》は。好きなもんばっか食わしてもろうて」

「や、おかんが手抜きなだけやし」

べつにそこで取り繕う必要もないのだが、俺は親友の中田《なかた》にも本当のことは話さなかった。

おかんは昔から朝には弱い人間だったが、俺が高校に入学してからというもの、毎日欠かさず弁当を作ってくれていた。昼間はどこかへパートにも出ていて、それなりに疲れているはずなのに、俺の弁当だけは手を抜かなかった。おとんがよその女のもとへ走った理由が、「美味しい料理を作ってくれたから」だったというトラウマもあってのことだろう。

けど、俺は、おとんとは違う。そんなものを求めてはいない。俺が求めているのは、そう、カップ焼きそばだ!

だから俺は毎朝、家から数百メートル行ったところにあるコンビニ・マママートに寄って、まず外に置かれたゴミ箱におかんに持たされた弁当箱の中身を捨て(この時に、あえて箸を使っておかずやご飯をかきだすなど一応の偽装工作もする)、それから店でこのカップ焼きそばを買って学校へ行く。午前中に体育の授業がある日なんかは二個。ほんとは三個だって食えそうなくらい好きだったけど、決して多くはない小遣いのことを考えると、せいぜい二個というのが限度だった。だからまぁ、三個食いの夢は、高校最後の弁当の日にでも叶えられたらと思っていた。

　そして、弁当を持っていく最終日。朝、おかんはいつも通り弁当の包みを差し出してきた。が、そのサイズはまったくいつも通りではなかった。見たところ、中身は三段重。おかんは何でもないような顔をしているが、ひょっとすると夜明け前から起きて用意してくれたのかもしれない。重い。重すぎる。重すぎんねん、おかん。俺は心の中でそんなことを思いながら弁当の包みを受け取った。しかし、手に持ってみるとそれは、むしろ軽すぎると思えるほどだった。

　家を出て数百メートル歩き、俺はマママートの前で足を止めた。昨日まではなかった『急募』の貼り紙が目につく。そこにはいかにもな感じのパートのおばちゃんのイラストが添えられていて、それがなんだか自分のおかんみたいに見えてならなかった。

　頼んだわけではないけれど、この三年間、おかんは俺のためにいろいろ頑張ってくれた。俺は取り出しかけた弁当の包みをしまった。どうせじきに上京して一人暮らし。仕送りには期待できないが、バイトでもすれば、カップ焼きそば三個なんて、食おうと思えばいつでも食える。俺は自分にそう言い聞かせ、マママートの前を通り過ぎた。今日くらいはがまんして、おかんの弁当を食ってやろう。

午前中の最後の授業――体育が終わり、俺は弁当の包みを取り出す。やはりデカい。しかし軽い。

そこへ中田が、いつも通りのサイズの自分の弁当をたずさえ、やってきた。

「おっ、豊の弁当初めて見た！　おかん、最後だけ張り切ったなぁ！」

違う、俺が最後だけ、おかんに気を遣ったのだ。と腹の中では思うが口には出さない。

――おかん、三年間ごめんな、ありがとうな。俺は一応、そんなあらたまった気持ちで包みの結び目を解く。出てきたのは、やはり三段重だった。

「おぉ～！　俺のと交換せぇへん？」

「まぁ、一段ぐらいなら」

俺は中田にそう言い、もったいぶるようにしながら一段目を開けた。と、

「うっそーん！　おかん、期待裏切らへんなぁ！」

中田が腹を抱えて笑う。

重箱の中に入っていたのは、未開封のカップ焼きそばと箸袋だった。

しかし、俺にはまったく笑えなかった。むしろ、ふたに貼られた付箋を見て戦慄していた。

『三年間、おかんの手抜き弁当を食べてくれてありがとうな。嫌いな野菜も残さず全部食べて偉かったなあ』とおかんの丸文字。

俺が実際に三年間食べていたカップ焼きそばに添えられたこのメッセージ……どう考えても、高度な嫌味でしかない。

俺は、中田に見えないように包みで隠しながら、二段目の重箱も開けてみる。やはりカップ焼きそばが詰められていて、そのふたにも付箋が貼られていた。

『いろんな想いをこめて、今日は特別に、あんたの大好物の三段重ねや！』

おかんは、すべてお見通しだったということか。俺が、毎朝おかんの弁当を捨てて、カップ焼きそばを買っていたということも。高校最後の弁当の日には、そのカップ焼きそば三個食いの夢を叶えたいと思っていたことも。おかん、ほんまにすまん、ありがとう……。

俺は震える手で、最後の重箱を開けてみる。と、今度はカップ焼きそばの上に、封に入った手紙が置かれていた。それは反則やで、おかん……。俺はすでにギリギリまでこみ上げている涙をこらえ、中田に見え透いた嘘をついた。

「すまん、ションベン！」

そして、おかんの手紙を持って教室を飛びだした。

俺はトイレの個室にこもり、封筒の中身を取り出す。

『豊へ　落ち着いて読んでほしいんやけどな』

——落ち着けるわけないやろ、もぉう……。涙がフライングし、視界がぼやける。

『おかん、ほんまはこの三年間、一度もお弁当作ってへんねん』

——ん？　俺は目をこする。が、そこにはたしかに、そう書かれている。どういうことだ？

『おかん、朝弱いやんか。せやから、あんたが高校受かって、これから毎日お弁当ですーってなった時、どないしよう思ったんよ。で、その頃ちょうどな、マママートでパート募集しとって、おかんそれ見て、パッとひらめいてん！』

——は？　マママートといったらあのマママートしかないが……？　俺は便箋をめくる。

『あそこは大手チェーンとちゃうから、いろいろ適当やん？　せやから、期限切れの弁当とかもらえるんちゃうかなぁて。ほんで、あんたの高校入学と同時に働きだして……ちゅうことやねん。これ以上書かなくても、わかるやろ？　毎度、腹壊さんやろかとハラハラしとったけど、あんたが丈夫な子で、ほんまに助かったわ。せやから、言うたらこの三段重は、ご褒美であり、お祝いであり、お詫びでもあり……ちゅうことやねん。カンニンな、豊。おかんより』

——何が、「ちゅうことやねん」やねん！

つまり、俺が三年間、毎朝せっせとマママートのゴミ箱に捨てていた弁当は、そもそも前日までにそこで廃棄されていたはずのものだったというわけだ。

涙はすっかり引いてしまった。というか、怒りで蒸発した。俺は、おかんの手紙をビリビリに破いて便器に捨てた。そして、ジャー……お互い様だ、と自分に言い聞かせ、すべてを水に流した。

「おっ、豊、長かったな。昼休み終わるで。さぁ、はよ食べ！」

教室に戻ると、中田がご丁寧にも、カップ焼きそばを三つとも作ってくれていた。

「何しとんねん！　最後の弁当作ってくれたんが、お前ってことになってしまうやろ！」

俺は中田から割り箸を奪い、おかんが初めて自腹を切って買ってくれた賞味期限の切れていないその弁当を、すすってすすってすすりまくった。だが、背徳感とか、罪悪感とか、そういうスパイスが効かなくなったせいか、それはもう、さしてうまくも感じられなかった。

「この味も、卒業でええかな」

俺は、ごちそうさまの代わりにそうつぶやき、まっ茶色に染まった割り箸を、マママートと印字された箸袋にそっとおさめた。

（作　林田麻美）

衝撃の一枚

一人の子どもが、
雪崩に巻き込まれた。
雪に埋もれた息子を探し出そうと、
父親が死にものぐるいで
雪をかきわけ、
そして、息子を救出した。
そのシーンをとらえた画像が、
SNSで拡散され、世界中で、
多くの人が感動の涙を流した。

しかし、数日後に拡散された、
同じ事件を写した画像によって、
多くの人々の表情は、
「感動の笑顔」から、
「軽蔑の冷笑」に変わった。

その画像には、
多くのコメントが寄せられた。

「撮影する余裕があるなら、
助けるのを手伝えよ！」

夏の葬列

海岸の小さな町の駅に下りて、彼は、しばらくはものめずらしげにあたりを眺めていた。駅前の風景はすっかり変っていた。アーケードのついた明るいマーケットふうの通りができ、その道路も、固く舗装されてしまっている。はだしのまま、砂利の多いこの道を駈けて通学させられた小学生の頃の自分を、急になまなましく彼は思い出した。あれは、戦争の末期だった。彼はいわゆる疎開児童として、この町にまる三ヵ月ほど住んでいたのだった。——あれ以来、おれは一度もこの町をたずねたことがない。その自分が、いまは大学を出、就職をし、一人前の出張がえりのサラリーマンの一人として、この町に来ている……。

東京には、明日までに帰ればよかった。二、三時間は充分にぶらぶらできる時間がある。彼は駅の売店で煙草を買い、それに火を点けると、ゆっくりと歩きだした。

夏の真昼だった。小さな町の家並みはすぐに尽きて、昔のままの踏切りを越えると、線路に沿い、両側にやや起伏のある畑地がひろがる。彼は目を細めながら歩いた。遠くに、かすかに海の音がしていた。

なだらかな小丘の裾、ひょろ長い一本の松に見憶えのある丘の裾をまわりかけて、突然、彼は化石したように足をとめた。真昼の重い光を浴び、青々とした葉を波うたせたひろい芋畑の向うに、一列になって、喪服を着た人びとの小さな葬列が動いている。

一瞬、彼は十数年の歳月が宙に消えて、自分がふたたびあのときの中にいる錯覚にとらえられた。……呆然と口をあけて、彼は、しばらくは呼吸をすることを忘れていた。

濃緑の葉を重ねた一面のひろい芋畑の向うに、一列になった小さな人かげが動いていた。線路わきの道に立って、彼は、真白なワンピースを着た同じ疎開児童のヒロ子さんと、ならんでそれを見ていた。

この海岸の町の小学校（当時は国民学校といったが）では、東京から来た子供は、彼とヒロ子さんの二人きりだった。二年上級の五年生で、勉強もよくでき大柄なヒロ子さんは、いつも彼をかばってくれ、弱むしの彼をはなれなかった。

よく晴れた昼ちかくで、その日も、二人きりで海岸であそんできた帰りだった。行列は、ひどくのろのろとしていた。先頭の人は、大昔の人のような白い着物に黒っぽい長い帽子をかぶり、顔のまえでなにかを振りながら歩いている。つづいて、竹筒のようなものをもった若い男。そして、四角く細長い箱をかついだ四人の男たちと、その横をうつむいたまま歩いてくる黒い和服の女。……

「お葬式だわ」

と、ヒロ子さんがいった。彼は、口をとがらせて答えた。

「へんなの。東京じゃああんなことしないよ」

「でも、こっちじゃあするのよ」ヒロ子さんは、姉さんぶっておしえた。「そしてね。子供が行くと、お饅頭をくれるの。お母さんがそういったわ」

「お饅頭？　ほんとうのアンコの？」

「そうよ。ものすごく甘いの。そして、とっても大きくって、赤ちゃんの頭ぐらいあるんだって」

彼は唾をのんだ。

「ね。……ぼくらにも、くれると思う？」

「そうね」ヒロ子さんは、まじめな顔をして首をかしげた。「くれる、かもしれない」

「ほんと？」

「行ってみようか？　じゃあ」

「よし」と彼は叫んだ。「競走だよ！」

芋畑は、真青な波を重ねた海みたいだった。彼はその中におどりこんだ。近道をしてやるつもりだった。……ヒロ子さんは、畦道《あぜみち》を大まわりしている。ぼくのほうが早いにきまっている、もし早い者順でヒロ子さんの分がなくなっちゃったら、半分わけてやってもいい。芋のつるが足にからむやわらかい緑の海のなかを、彼は、手を振りまわしながら夢中で駈けつづけた。

正面の丘のかげから、大きな石が飛び出したような気がしたのはその途中でだった。石はこちらを向き、急速な爆音といっしょに、不意に、なにかを引きはがすような烈しい連続音がきこえた。叫びごえがあがった。「カンサイキだあ」と、その声はどなった。

艦載機だ。彼は恐怖に喉がつまり、とたんに芋畑の中に倒れこんだ。炸裂音が空中にすさまじい響きを立てて頭上を過ぎ、女の泣きわめく声がきこえた。ヒロ子さんじゃない、と彼は思った。あれは、もっと大人の女のひとの声だ。

「二機だ、かくれろ！　またやってくるぞう」奇妙に間のびしたその声の間に、べつの男の声が叫んだ。「おーい、ひっこんでろその女の子、だめ、走っちゃだめ！　白い服はぜっこうの目標になるんだ、……おい！」

白い服――ヒロ子さんだ。きっと、ヒロ子さんは撃たれて死んじゃうんだ。

そのとき第二撃がきた。男が絶叫した。

彼は、動くことができなかった。頰っぺたを畑の土に押しつけ、目をつぶって、けんめいに呼吸をころしていた。頭が痺《しび》れているみたいで、でも、無意識のうちに身体を覆おうとするみたいに、手で必死に芋の葉を引っぱりつづけていた。あたりが急にしーんとして、旋回する小型機の爆音だけが不気味につづいていた。

突然、視野に大きく白いものが入ってきて、やわらかい重いものが彼をおさえつけた。

「さ、早く逃げるの。いっしょに、さ、早く。だいじょぶ？」

目を吊りあげ、別人のような真青なヒロ子さんが、熱い呼吸でいった。彼は、口がきけなかった。全身が硬直して、目にはヒロ子さんの服の白さだけがあざやかに映っていた。

「いまのうちに、逃げるの、……なにしてるの？　さ、早く！」

ヒロ子さんは、怒ったようなこわい顔をしていた。ああ、ぼくはヒロ子さんといっしょに殺されちゃう。ぼくは死んじゃうんだ、と彼は思った。声の出たのは、その途端だった。ふいに、彼は狂ったような声で叫んだ。

「よせ！　むこうへ行け！　目立っちゃうじゃないかよ！」

「たすけにきたのよ！」ヒロ子さんもどなった。「早く、道の防空壕に……」

「いやだったら！　ヒロ子さんとなんて、いっしょに行くのいやだよ！」夢中で、彼は全身の力でヒロ子さんを突きとばした。「……むこうへ行け！」

悲鳴を、彼は聞かなかった。そのとき強烈な衝撃と轟音が地べたをたたきつけて、芋の葉が空に舞いあがった。あたりに砂埃りのような幕が立って、彼は彼の手で仰向けに突きとばされたヒロ子さんがまるでゴムマリのようにはずんで空中に浮くのを見た。


葬列は、芋畑のあいだを縫って進んでいた。それはあまりにも記憶の中のあの日の光景に似ていた。これは、ただの偶然なのだろうか。

真夏の太陽がじかに首すじに照りつけ、眩暈に似たものをおぼえながら、彼は、ふと、自分には夏以外の季節がなかったような気がしていた。……それも、助けにきてくれた少女を、わざわざ銃撃のしたに突きとばしたあの夏、殺人をおかした、戦時中の、あのただ一つの夏の季節だけが、いまだに自分をとりまきつづけているような気がしていた。

彼女は重傷だった。下半身を真赤に染めたヒロ子さんはもはや意識がなく、男たちが即席の担架で彼女の家へはこんだ。そして、彼は彼女のその後を聞かずにこの町を去った。あの翌日、戦争は終ったのだ。

芋の葉を、白く裏返して風が渡って行く。葬列は彼のほうに向かってきた。中央に、写真の置かれている粗末な柩《ひつぎ》がある。写真の顔は女だ。それもまだ若い女のように見える。……不意に、ある予感が彼をとらえた。彼は歩きはじめた。

彼は、片足を畦道の土にのせて立ちどまった。あまり人数の多くはない葬式の人の列が、ゆっくりとその彼のまえを過ぎる。彼はすこし頭を下げ、しかし目は熱心に柩の上の写真をみつめていた。もし、あのとき死んでいなかったら、彼女はたしか二十八か、九だ。

突然、彼は奇妙な歓びで胸がしぼられるような気がした。その写真には、ありありと昔の彼女の面かげが残っている。それは、三十歳近くなったヒロ子さんの写真だった。

まちがいはなかった。彼は、自分が叫びださなかったのが、むしろ不思議なくらいだった。

——おれは、人殺しではなかったのだ。

彼は、胸に湧きあがるものを、けんめいに冷静におさえつけながら思った。たとえなんで死んだにせよ、とにかくこの十数年間を生きつづけたのなら、もはや彼女の死はおれの責任とはいえない。すくなくとも、おれに直接の責任がないのはたしかなのだ。

「……この人、脚を怪我していた？」

彼は、群れながら列のあとにつづく子供たちの一人にたずねた。あのとき、彼女は太腿をやられたのだ、と思いかえしながら。

「ううん。怪我なんかしてないよ。からだはぜんぜん丈夫だったよ」

一人が、首をふって答えた。

では、癒《なお》ったのだ！　おれはまったくの無罪なのだ！

彼は、長い呼吸を吐いた。苦笑が頬にのぼってきた。おれの殺人は、幻影にすぎなかった。あれからの年月、重くるしくおれをとりまきつづけていた一つの夏の記憶、それはおれの妄想、おれの悪夢でしかなかったのだ。

葬列は確実に一人の人間の死を意味していた。それをまえに、いささか彼は不謹慎だったかもしれない。しかし十数年間もの悪夢から解き放たれ、彼は、青空のような一つの幸福に化してしまっていた。……もしかしたら、その有頂天さが、彼にそんなよけいな質問を口に出させたのかもしれない。

「なんの病気で死んだの？　この人」

うきうきした、むしろ軽薄な口調で彼はたずねた。

ませた目をした男の子が答えた。

「一昨日《おととい》ねえ、川にとびこんで自殺しちゃったのさ」

「へえ。失恋でもしたの？」

「バカだなあ小父さん」運動靴の子供たちは、口々にさもおかしそうに笑った。「だってさ、この小母さん、もうお婆さんだったんだよ」

「お婆さん？　どうして。あの写真だったら、せいぜい三十くらいじゃないか」

「ああ、あの写真か。……あれねえ、うんと昔のしかなかったんだってよ」

洟をたらした子があとをいった。

「だってさ、あの小母さん、なにしろ戦争でね、一人きりの女の子がこの畑で機銃で撃たれて死んじゃってね、それからずっと、それまでとは違う風になったんだって」

葬列は、松の木の立つ丘へとのぼりはじめていた。遠くなったその葬列との距離を縮めようというのか、子供たちは芋畑の中におどりこむと、歓声をあげながら駈けはじめた。

立ちどまったまま、彼は写真をのせた柩がかるく左右に揺れ、彼女の母の葬列が丘を上って行くのを見ていた。一つの夏といっしょに、その柩の抱きしめている沈黙。彼は、いまはその二つになった沈黙、二つの死が、もはや自分のなかで永遠につづくだろうこと、永遠につづくほかはないことがわかっていた。彼は、葬列のあとは追わなかった。追う必要がなかった。この二つの死は、結局、おれのなかに埋葬されるほかはないのだ。

——でも、なんという皮肉だろう、と彼は口の中でいった。あれから、おれはこの傷にさわりたくない一心で海岸のこの町を避けつづけてきたというのに。そうして今日、せっかく十数年後のこの町、現在のあの芋畑をながめて、はっきりと敗戦の夏のあの記憶を自分の現在から追放し、過去の中に封印してしまって、自分の身をかるくするためにだけおれはこの町に下りてみたというのに。……まったく、なんという偶然の皮肉だろう。

やがて、彼はゆっくりと駅の方角に足を向けた。風がさわぎ、芋の葉の匂いがする。よく晴れた空が青く、太陽はあいかわらず眩しかった。海の音が耳にもどってくる。汽車が、単調な車輪の響きを立て、線路を走って行く。彼は、ふと、いまとはちがう時間、たぶん未来のなかの別な夏に、自分はまた今とおなじ風景をながめ、今とおなじ音を聞くのだろうという気がした。そして時をへだて、おれはきっと自分の中の夏のいくつかの瞬間を、一つの痛みとしてよみがえらすのだろう……。

思いながら、彼はアーケードの下の道を歩いていた。もはや逃げ場所はないのだという意識が、彼の足どりをひどく確実なものにしていた。

（作　山川方夫《やまかわまさお》）

＊原文の表現をそこなわない範囲で、表記、表現、体裁を改めた箇所があります。

＊本編はすべて「5分後に意外な結末」シリーズからのセレクトで構成。本編に挟まるオモテウラ完結の物語は、すべて『5秒後に意外な結末』（桃戸ハル編著、ｕｓｉ絵）からのセレクトによる。

|編著者| 桃戸ハル　東京都出身。あくせくと、執筆や編集にいそしむ毎日。ぢっと手を見る。生命線だけが長くてビックリ。『5秒後に意外な結末』『5分後に恋の結末』などを含む、「5分後に意外な結末」シリーズの編著や、『ざんねんな偉人伝　それでも愛すべき人々』『ざんねんな歴史人物　それでも名を残す人々』の編集などなど。三度の飯より二度寝が好き。貧乏金なし。お仕事があれば是非！

5分後《ふんご》に意外《いがい》な結末《けつまつ》　ベスト・セレクション
金《きん》の巻《まき》
桃戸《ももと》ハル 編・著

2023年11月15日第1刷発行

発行者――髙橋明男
発行所――株式会社　講談社
東京都文京区音羽2-12-21　〒112-8001
電話　出版（03）5395-3510
販売（03）5395-5817
業務（03）5395-3615
Printed in Japan

講談社文庫
定価はカバーに
表示してあります

KODANSHA

デザイン―菊地信義
本文データ制作―講談社デジタル製作
印刷―――中央精版印刷株式会社
製本―――中央精版印刷株式会社

ISBN978-4-06-533476-8

講談社文庫刊行の辞

二十一世紀の到来を目睫に望みながら、われわれはいま、人類史上かつて例を見ない巨大な転換期をむかえようとしている。

世界も、日本も、激動の予兆に対する期待とおののきを内に蔵して、未知の時代に歩み入ろうとしている。このときにあたり、創業の人野間清治の「ナショナル・エデュケイター」への志を現代に甦らせようと意図して、われわれはここに古今の文芸作品はいうまでもなく、ひろく人文・社会・自然の諸科学から東西の名著を網羅する、新しい綜合文庫の発刊を決意した。

激動の転換期はまた断絶の時代である。われわれは戦後二十五年間の出版文化のありかたへの深い反省をこめて、この断絶の時代にあえて人間的な持続を求めようとする。いたずらに浮薄な商業主義のあだ花を追い求めることなく、長期にわたって良書に生命をあたえようとつとめるところにしか、今後の出版文化の真の繁栄はあり得ないと信じるからである。

同時にわれわれはこの綜合文庫の刊行を通じて、人文・社会・自然の諸科学が、結局人間の学にほかならないことを立証しようと願っている。かつて知識とは、「汝自身を知る」ことにつきていた。現代社会の瑣末な情報の氾濫のなかから、力強い知識の源泉を掘り起し、技術文明のただなかに、生きた人間の姿を復活させること。それこそわれわれの切なる希求である。

われわれは権威に盲従せず、俗流に媚びることなく、渾然一体となって日本の「草の根」をかたちづくる若く新しい世代の人々に、心をこめてこの新しい綜合文庫をおくり届けたい。それは知識の泉であるとともに感受性のふるさとであり、もっとも有機的に組織され、社会に開かれた万人のための大学をめざしている。大方の支援と協力を衷心より切望してやまない。

一九七一年七月

野間省一

大澤真幸
〈世界史〉の哲学 3 東洋篇
解説＝橋爪大三郎

一二世紀頃、経済・政治・軍事、全てにおいて最も発展した地域だったにもかかわらず、覇権を握ったのは西洋諸国だった。どうしてなのだろうか？ 世界史の謎に迫る。

おZ4
978-4-06-533646-5

京須偕充
圓生の録音室
解説＝赤川次郎・柳家喬太郎

昭和の名人、六代目三遊亭圓生の至芸を集大成したレコードを制作した若き日の著者が、最初の訪問から永訣までの濃密な日々のなかで受け止めたものとはなにか。

きL1
978-4-06-533350-4

古野まほろ 陰陽少女
古野まほろ 陰陽少女〈妖刀村正殺人事件〉
古野まほろ 禁じられたジュリエット
藤崎 翔 時間を止めてみたんだが
藤井邦夫 大江戸閻魔帳《えんまちょう》
藤井邦夫 三つの顔〈大江戸閻魔帳(二)〉
藤井邦夫 渡世人〈大江戸閻魔帳(三)〉
藤井邦夫 笑う女〈大江戸閻魔帳(四)〉
藤井邦夫 罰《ばち》当《あた》り〈大江戸閻魔帳(五)〉
藤井邦夫 福の神〈大江戸閻魔帳(六)〉
藤井邦夫 野暮天〈大江戸閻魔帳(七)〉
藤井邦夫 仇《あだ》討《う》ち異聞〈大江戸閻魔帳(八)〉
福澤徹三・糸柳寿昭 忌《い》み地〈怪談社奇聞録〉
福澤徹三・糸柳寿昭 忌み地 弐〈怪談社奇聞録〉
福澤徹三・糸柳寿昭 忌み地 惨〈怪談社奇聞録〉
福澤徹三・糸柳寿昭 忌み地 屍《し》〈怪談社奇聞録〉
福澤徹三 作家ごはん
藤井太洋 ハロー・ワールド
藤野嘉子 60歳からは「小さくする」暮らし 生き方がラクになる

富良野 馨《かおる》 この季節が嘘だとしても
藤井聡太・山中伸弥 前人未到
辺見 庸 抵抗論
星 新一 エヌ氏の遊園地
星 新一編 ショートショートの広場①〜⑨
本田靖春 不当逮捕
保阪正康 昭和史 七つの謎
堀江敏幸 熊の敷石
本格ミステリ作家クラブ編 ベスト本格ミステリ TOP5〈短編傑作選002〉
本格ミステリ作家クラブ編 ベスト本格ミステリ TOP5〈短編傑作選003〉
本格ミステリ作家クラブ編 ベスト本格ミステリ TOP5〈短編傑作選004〉
本格ミステリ作家クラブ選・編 本格王2019
本格ミステリ作家クラブ選・編 本格王2020
本格ミステリ作家クラブ選・編 本格王2021
本格ミステリ作家クラブ選・編 本格王2022
本格ミステリ作家クラブ選・編 本格王2023
本多孝好 君の隣に
本多孝好 チェーン・ポイズン〈新装版〉
穂村 弘 整形前夜

穂村 弘 ぼくの短歌ノート
穂村 弘 野良猫を尊敬した日
堀川アサコ 幻想郵便局
堀川アサコ 幻想映画館
堀川アサコ 幻想日記店
堀川アサコ 幻想探偵社
堀川アサコ 幻想温泉郷
堀川アサコ 幻想短編集
堀川アサコ 幻想寝台車
堀川アサコ 幻想蒸気船
堀川アサコ 幻想商店街
堀川アサコ 幻想遊園地
堀川アサコ 魔法使ひ
堀川アサコ メゲるときも、すこやかなるときも
本城雅人 境界〈横浜中華街・潜伏捜査〉
本城雅人 スカウト・デイズ
本城雅人 スカウト・バトル
本城雅人 嗤うエース
本城雅人 贅沢のススメ

本城雅人 誉れ高き勇敢なブルーよ
本城雅人 シューメーカーの足音
本城雅人 ミッドナイト・ジャーナル
本城雅人 紙の城
本城雅人 監督の問題
本城雅人 去り際のアーチ〈もう一打席!〉
本城雅人 時代
本城雅人 オールドタイムズ
堀川惠子 裁かれた命〈死刑囚から届いた手紙〉
堀川惠子 死刑の基準〈「永山裁判」が遺したもの〉
堀川惠子 永山則夫〈封印された鑑定記録〉
堀川惠子 教誨師
堀川惠子 戦禍に生きた演劇人たち〈演出家・八田元夫と「桜隊」の悲劇〉
堀川惠子 小笠原信之 チンチン電車と女学生〈1945年8月6日・ヒロシマ〉
誉田哲也 Qros《キュロス》の女
松本清張 草の陰刻
松本清張 黄色い風土
松本清張 黒い樹海
松本清張 ガラスの城

松本清張 殺人行おくのほそ道(上)(下)
松本清張 邪馬台国 清張通史①
松本清張 空白の世紀 清張通史②
松本清張 カミと青銅の迷路 清張通史③
松本清張 天皇と豪族 清張通史④
松本清張 壬申の乱 清張通史⑤
松本清張 古代の終焉 清張通史⑥
松本清張 新装版 増上寺刃傷
松本清張他 日本史七つの謎
松谷みよ子 ちいさいモモちゃん
松谷みよ子 モモちゃんとアカネちゃん
松谷みよ子 アカネちゃんの涙の海
眉村卓 ねらわれた学園
眉村卓 なぞの転校生
麻耶雄嵩 翼ある闇〈メルカトル鮎最後の事件〉
麻耶雄嵩 痾《あ》
麻耶雄嵩 メルカトルかく語りき
麻耶雄嵩 夏と冬の奏鳴曲《ソナタ》〈新装改訂版〉
麻耶雄嵩 神様ゲーム

町田康 耳そぎ饅頭
町田康 権現の踊り子
町田康 浄土
町田康 猫にかまけて
町田康 猫のあしあと
町田康 猫とあほんだら
町田康 猫のよびごえ
町田康 真実真正日記
町田康 宿屋めぐり
町田康 人間小唄
町田康 スピンク日記
町田康 スピンク合財帖
町田康 スピンクの壺
町田康 スピンクの笑顔
町田康 ホサナ
町田康 猫のエルは
町田康 記憶の盆をどり
舞城王太郎 煙か土か食い物〈Smoke, Soil or Sacrifices〉
舞城王太郎 好き好き大好き超愛してる。

講談社文庫 目録

講談社文庫　目録

三津田信三　凶鳥《まがとり》の如き忌むもの
三津田信三　首無《くびなし》の如き祟るもの
三津田信三　山魔《やまんま》の如き嗤《わら》うもの
三津田信三　水魑《みづち》の如き沈むもの
三津田信三　密室《ひめむろ》の如き籠《こも》るもの
三津田信三　生霊《いきだま》の如き重《だぶ》るもの
三津田信三　幽女《ゆうじょ》の如き怨むもの
三津田信三　碆霊《はえだま》の如き祀るもの
三津田信三　魔偶《まぐう》の如き齎《もたら》すもの
三津田信三　忌名《いな》の如き贄《にえ》るもの
三津田信三　シェルター 終末の殺人
三津田信三　ついてくるもの
三津田信三　誰かの家
三津田信三　忌《い》物《ぶつ》堂《どう》鬼《き》談《だん》
道尾秀介　カラスの親指〈by rule of CROW's thumb〉
道尾秀介　カエルの小指〈a murder of crows〉
道尾秀介　水の柩
深木《みき》章子《あきこ》　鬼畜の家
湊かなえ　リバース

宮内悠介　彼女がエスパーだったころ
宮内悠介　偶然の聖地
宮乃崎《みやのさき》桜子《さくらこ》　綺《き》羅《ら》の皇女《ひめみこ》(1)
宮乃崎桜子　綺羅の皇女(2)
三國青葉　損料屋見鬼《けんき》控え 1
三國青葉　損料屋見鬼控え 2
三國青葉　損料屋見鬼控え 3
三國青葉　福　猫　屋〈お佐和のねこだすけ〉
三國青葉　福　猫　屋〈お佐和のねこかし〉
三國青葉　福　猫　屋〈お佐和のねこわずらい〉
宮西真冬　誰かが見ている
宮西真冬　首の鎖
宮西真冬　友達未遂
南　杏子　希望のステージ
嶺里俊介　だいたい本当の奇妙な話
嶺里俊介　ちょっと奇妙な怖い話
溝口　敦　喰うか喰われるか〈私の山口組体験〉
村上　龍　愛と幻想のファシズム(上)(下)
村上　龍　村上龍料理小説集

村上　龍　新装版 限りなく透明に近いブルー
村上　龍　新装版 コインロッカー・ベイビーズ
村上　龍　歌うクジラ(上)(下)
向田邦子　新装版 眠る盃
向田邦子　新装版 夜中の薔薇
村上春樹　風の歌を聴け
村上春樹　1973年のピンボール
村上春樹　羊をめぐる冒険(上)(下)
村上春樹　カンガルー日和
村上春樹　回転木馬のデッド・ヒート
村上春樹　ノルウェイの森(上)(下)
村上春樹　ダンス・ダンス・ダンス(上)(下)
村上春樹　遠い太鼓
村上春樹　国境の南、太陽の西
村上春樹　やがて哀しき外国語
村上春樹　アンダーグラウンド
村上春樹　スプートニクの恋人
村上春樹　アフターダーク
村上春樹　佐々木マキ 絵　羊男のクリスマス

村上春樹 佐々木マキ絵　ふしぎな図書館
村上春樹 糸井重里　夢で会いましょう
村上春樹・文 安西水丸・絵　ふわふわ
U・K・ル＝グウィン 村上春樹訳　空飛び猫
U・K・ル＝グウィン 村上春樹訳　帰ってきた空飛び猫
U・K・ル＝グウィン 村上春樹訳　素晴らしいアレキサンダーと、空飛び猫たち
U・K・ル＝グウィン 村上春樹訳　空を駆けるジェーン
T・ファリッシュ著 B・ルート絵 村上春樹訳　ポテト・スープが大好きな猫
村山由佳　天翔る
睦月影郎　密通妻
睦月影郎　快楽アクアリウム
向井万起男　渡る世間は「数字」だらけ
村田沙耶香　授乳
村田沙耶香　マウス
村田沙耶香　星が吸う水
村田沙耶香　殺人出産
村瀬秀信　気がつけばチェーン店ばかりでメシを食べている
村瀬秀信　それでも気がつけばチェーン店ばかりでメシを食べている
村瀬秀信　地方に行っても気がつけばチェーン店ばかりでメシを食べている

虫眼鏡　東海オンエアの動画が6.4倍楽しくなる本〈虫眼鏡の概要欄 クロニクル〉
森村誠一　悪道
森村誠一　悪道 西国謀反
森村誠一　悪道 御三家の刺客
森村誠一　悪道 五右衛門の復讐
森村誠一　悪道 最後の密命
森村誠一　ねこの証明
毛利恒之　月光の夏
森博嗣　すべてがFになる〈THE PERFECT INSIDER〉
森博嗣　冷たい密室と博士たち〈DOCTORS IN ISOLATED ROOM〉
森博嗣　笑わない数学者〈MATHEMATICAL GOODBYE〉
森博嗣　詩的私的ジャック〈JACK THE POETICAL PRIVATE〉
森博嗣　封印再度〈WHO INSIDE〉
森博嗣　幻惑の死と使途〈ILLUSION ACTS LIKE MAGIC〉
森博嗣　夏のレプリカ〈REPLACEABLE SUMMER〉
森博嗣　今はもうない〈SWITCH BACK〉
森博嗣　数奇にして模型〈NUMERICAL MODELS〉
森博嗣　有限と微小のパン〈THE PERFECT OUTSIDER〉
森博嗣　黒猫の三角〈Delta in the Darkness〉

森博嗣　人形式モナリザ〈Shape of Things Human〉
森博嗣　月は幽咽のデバイス〈The Sound Walks When the Moon Talks〉
森博嗣　夢・出逢い・魔性〈You May Die in My Show〉
森博嗣　魔剣天翔〈Cockpit on knife Edge〉
森博嗣　恋恋蓮歩の演習〈A Sea of Deceits〉
森博嗣　六人の超音波科学者〈Six Supersonic Scientists〉
森博嗣　捩れ屋敷の利鈍〈The Riddle in Torsional Nest〉
森博嗣　朽ちる散る落ちる〈Rot off and Drop away〉
森博嗣　赤緑黒白〈Red Green Black and White〉
森博嗣　四季 春～冬
森博嗣　φ《ファイ》は壊れたね〈PATH CONNECTED φ BROKE〉
森博嗣　θ《シータ》は遊んでくれたよ〈ANOTHER PLAYMATE θ〉
森博嗣　τ《タウ》になるまで待って〈PLEASE STAY UNTIL τ〉
森博嗣　ε《イプシロン》に誓って〈SWEARING ON SOLEMN ε〉
森博嗣　λ《ラムダ》に歯がない〈λ HAS NO TEETH〉
森博嗣　η《イータ》なのに夢のよう〈DREAMILY IN SPITE OF η〉
森博嗣　目薬α《アルファ》で殺菌します〈DISINFECTANT α FOR THE EYES〉
森博嗣　ジグβ《ベータ》は神ですか〈JIG β KNOWS HEAVEN〉
森博嗣　キウイγ《ガンマ》は時計仕掛け〈KIWI γ IN CLOCKWORK〉

講談社文庫　目録

森　博嗣　χ《カイ》の悲劇〈THE TRAGEDY OF χ〉
森　博嗣　ψ《プサイ》の悲劇〈THE TRAGEDY OF ψ〉
森　博嗣　イナイ×イナイ〈PEEKABOO〉
森　博嗣　キラレ×キラレ〈CUTTHROAT〉
森　博嗣　タカイ×タカイ〈CRUCIFIXION〉
森　博嗣　ムカシ×ムカシ〈REMINISCENCE〉
森　博嗣　サイタ×サイタ〈EXPLOSIVE〉
森　博嗣　ダマシ×ダマシ〈SWINDLER〉
森　博嗣　女王の百年密室〈GOD SAVE THE QUEEN〉
森　博嗣　迷宮百年の睡魔〈LABYRINTH IN ARM OF MORPHEUS〉
森　博嗣　赤目姫の潮解〈LADY SCARLET EYES AND HER DELIQUESCENCE〉
森　博嗣　馬鹿と嘘の弓〈Fool Lie Bow〉
森　博嗣　まどろみ消去〈MISSING UNDER THE MISTLETOE〉
森　博嗣　地球儀のスライス〈A SLICE OF TERRESTRIAL GLOBE〉
森　博嗣　レタス・フライ〈Lettuce Fry〉
森　博嗣　僕は秋子に借りがある I'm in Debt to Akiko〈森博嗣自選短編集〉
森　博嗣　どちらかが魔女 Which is the Witch?〈森博嗣シリーズ短編集〉
森　博嗣　喜嶋先生の静かな世界〈The Silent World of Dr.Kishima〉
森　博嗣　そして二人だけになった〈Until Death Do Us Part〉

森　博嗣　つぶやきのクリーム〈The cream of the notes〉
森　博嗣　ツンドラモンスーン〈The cream of the notes 4〉
森　博嗣　つぼみ茸《きのこ》ムース〈The cream of the notes 5〉
森　博嗣　つぶさにミルフィーユ〈The cream of the notes 6〉
森　博嗣　月夜のサラサーテ〈The cream of the notes 7〉
森　博嗣　つんつんブラザーズ〈The cream of the notes 8〉
森　博嗣　ツベルクリンムーチョ〈The cream of the notes 9〉
森　博嗣　追懐のコヨーテ〈The cream of the notes 10〉
森　博嗣　積み木シンドローム〈The cream of the notes 11〉
森　博嗣　カクレカラクリ〈An Automaton in Long Sleep〉
森　博嗣　DOG&DOLL
森　博嗣　森には森の風が吹く〈My wind blows in my forest〉
森　博嗣　アンチ整理術〈Anti-Organizing Life〉
森　博嗣　萩尾望都　原作　トーマの心臓〈Lost heart for Thoma〉
諸田玲子　森家の討ち入り
森　達也　すべての戦争は自衛から始まる
本谷有希子　腑抜けども、悲しみの愛を見せろ
本谷有希子　江利子と絶対〈本谷有希子文学大全集〉
本谷有希子　あの子の考えることは変

本谷有希子　嵐のピクニック
本谷有希子　自分を好きになる方法
本谷有希子　異類婚姻譚
本谷有希子　静かに、ねぇ、静かに
茂木健一郎　「赤毛のアン」に学ぶ幸福《しあわせ》になる方法
森林原人　〈偏差値78のAV男優が考える〉セックス幸福論
桃戸ハル編・著　5分後に意外な結末〈ベスト・セレクション〉
桃戸ハル編・著　5分後に意外な結末〈ベスト・セレクション　黒の巻・白の巻〉
桃戸ハル編・著　5分後に意外な結末〈ベスト・セレクション　心震える赤の巻〉
桃戸ハル編・著　5分後に意外な結末〈ベスト・セレクション　心弾ける橙の巻〉
森　功　高倉健〈隠し続けた七つの顔と「謎の養女」〉
森　功　地面師〈他人の土地を売り飛ばす闇の詐欺集団〉
望月麻衣　京都船岡山アストロロジー
望月麻衣　京都船岡山アストロロジー2〈星と創作のアンサンブル〉
望月麻衣　京都船岡山アストロロジー3〈恋のハウスと檸檬色の憂鬱〉
山田風太郎　甲賀忍法帖〈山田風太郎忍法帖①〉
山田風太郎　伊賀忍法帖〈山田風太郎忍法帖③〉
山田風太郎　忍法八犬伝〈山田風太郎忍法帖④〉
山田風太郎　風来忍法帖〈山田風太郎忍法帖⑪〉

2023年9月15日現在